Der kleine Prinz
Das Buch zum Film

# Der Kleine Prinz

## DAS BUCH ZUM FILM

Das Buch zum Film
erzählt von Nadja Fendrich

Loewe

FSC
www.fsc.org
MIX
Papier aus verantwortungsvollen Quellen
FSC® C014496

ISBN 978-3-7855-8354-8
1. Auflage 2015

ON ANIMATION STUDIOS PRESENTS »THE LITTLE PRINCE«
BASED ON »LE PETIT PRINCE« BY ANTOINE DE SAINT-EXUPERY
MUSIC BY HANS ZIMMER & RICHARD HARVEY FEATURING CAMILLE
LINE PRODUCERS JEAN-BERNARD MARINOT CAMILLE CELLUCCI
EXECUTIVE PRODUCERS JINKO GOTOH MARK OSBORNE
COPRODUCER ANDREA OCCHIPINTI
PRODUCED BY ATON SOUMACHE DIMITRI RASSAM ALEXIS VONARB
A ORANGE STUDIO LPPTV M6 FILMS LUCKY RED COPRODUCTION
INTERNATIONAL SALES ORANGE STUDIO WILD BUNCH
HEAD OF STORY BOB PERSICHETTI
ORIGINAL SCREENPLAY BY IRENA BRIGNULL & BOB PERSICHETTI
DIRECTED BY MARK OSBORNE

Based on the movie »The Little Prince« directed by Mark Osborne


Innenillustrationen: Antoine de Saint-Exupéry

Printed in Germany

www.loewe-verlag.de

# Inhalt

# Prolog

Man sieht nur mit dem Herzen gut.
Das Wesentliche ist für die Augen unsichtbar.
(Antoine de Saint-Exupéry)

Die Welt ist riesig, unendlich und voller Wunder – es gibt so viel zu entdecken und Unglaubliches zu erleben. Alles ist möglich!

Der Sonnenaufgang wird begleitet von Vogelgezwitscher und bei Sonnenuntergang tanzen Millionen von Mücken in den Abend. Nachts scheint der Mond am Himmel und Tausende und Abertausende von Sternen funkeln in der Dunkelheit. Auf der Erde erscheinen diese Sterne winzig klein. Tatsächlich ist das Universum mit seinen Planeten, Sonnensystemen, Sternen und Asteroiden aber unfassbar riesig und die Entfernungen zwischen den Himmelskörpern sind gewaltig. Und doch kann man an manchen Tagen auf der Erde die Sterne lachen hören, und manchmal scheint es sogar, als ob von den vielen, vielen Sternen am Himmel ein einziger heller funkelt als all die anderen …

# Als der Pilot ein kleiner Junge war

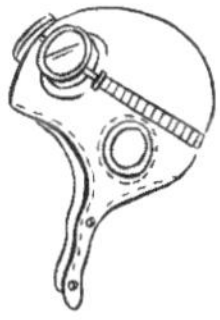

Es war einmal ein Pilot. Als der Pilot noch ein Kind war, ein Junge von sechs Jahren, las er ein Buch über den Urwald. Darin stand, dass die Boa Constrictor, eine Riesenschlange, ihre Beute im Ganzen herunterschluckt.

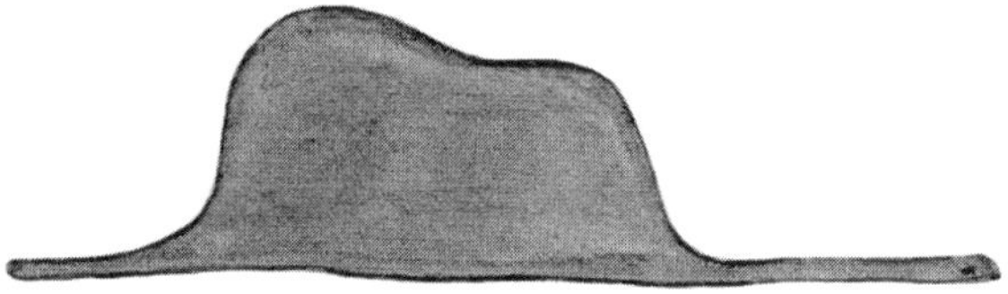

Ohne sie zu kauen. Der Junge dachte lange darüber nach und malte dann sein allererstes Bild. Er malte eine Riesenschlange, die einen Elefanten verschluckt hat. Dieses Bild zeigte er stolz einem Erwachsenen und fragte ihn, ob das Bild ihm Angst mache. Der Erwachsene wunderte sich sehr und fragte, wieso er vor einem Hut Angst haben solle.

„Tja, Erwachsene. Die verstehen einfach nie etwas von selbst“, dachte der Junge.

Also malte er noch ein Bild. Diesmal zeichnete er den Elefanten in den Bauch der Riesenschlange hinein. Doch die Erwachsenen, denen er das Bild zeigte, hatten nur merkwürdige Ratschläge für den Jungen. Er solle sich nicht mit Riesenschlangen beschäftigen, sondern besser mit Mathematik und Geografie. Oder er solle sich lieber mit Geschichte befassen. Dabei las der Junge doch den ganzen Tag Geschichten. Oder eben Bücher über den Urwald.

Der Junge nahm die Ratschläge der Erwachsenen schließlich an – und wurde erwachsen. Er lernte viel über Mathematik und Geografie. Er wurde Pilot. Mit seinem Flugzeug überflog er die Erde und bemerkte kaum, wie die Welt sich unter ihm veränderte. Die Menschen liefen immer schneller und schneller, die Autos fuhren hektisch durch den dichter werdenden Verkehr, alle Straßen, Häuser und Gärten sahen aus wie auf einem Schachbrett angeordnet. Selbst die Kinder benahmen sich nicht mehr wie Kinder, sondern wie kleine Erwachsene. Und auch der Pilot hatte vergessen, wie es war, ein Kind zu sein. Bis etwas Wunderbares passierte …

# Das kleine Mädchen

Es war einmal ein kleines Mädchen. Im Gleichschritt mit seiner Mutter trippelte es aufgeregt durch die langen Gänge eines riesigen Gebäudes. Das Mädchen und seine Mutter waren in einer berühmten, weiterführenden Schule. Hier fand an diesem Tag eine sehr wichtige Prüfung für Jungen und Mädchen statt, die die Akademie besuchen wollten. Auf einer langen Bank saßen ernste Erwachsene mit ihren Kindern, die genauso ernst und erwachsen schauten wie ihre Eltern. Überall an den Wänden befanden sich Monitore und Tafeln, auf denen bedeutende Informationen angezeigt wurden. Auf großen Postern konnte man lesen, welche Werte der Akademie besonders wichtig waren: Zahlen, Uniformen, Effizienz und Erfolg. Das kleine Mädchen kannte sie auswendig. Es lernte sehr viel auswendig, wenn seine Mutter es von ihm verlangte. Die Mutter wollte unbedingt, dass ihre Tochter auf diese Schule kam. Es war die beste der ganzen Stadt. Für die Prüfung heute hatte das Mädchen seit Wochen jeden Tag und jede Minute gelernt. Jetzt flüsterte das Mädchen vor sich hin, was seine Mutter ihm eingebläut hatte: „Ich muss aufmerksam zuhören, immer zuhören, nicht zu viel blinzeln, mich für unerwartetes Lob bedanken und am Ende Danke sagen."

Die Mutter des kleinen Mädchens flüsterte gleichzeitig: „Du musst aufmerksam zuhören, du musst immer zuhören, darfst nicht zu viel blinzeln, du musst dich für unerwartetes Lob bedanken und am Ende höflich Danke sagen."

Mutter und Tochter hörten gleichzeitig auf zu flüstern und sahen sich an. „Du musst lächeln, Liebling, zeig deine Zähne", befahl die Mutter.

Das kleine Mädchen öffnete seinen Mund zu einem breiten Lächeln.

Die Mutter blickte auf die schiefen Vorderzähne ihrer Tochter und schüttelte den Kopf. „Nicht so sehr", beeilte sich die Mutter zu sagen und das Mädchen schloss hastig den Mund, sodass sein Lächeln erlosch.

Dann setzten sich Mutter und Tochter auf die lange Bank und steckten wieder die Köpfe zusammen.

„Also", fuhr die Mutter eilig fort. „Bitte denk daran, Umfragen haben ergeben, dass die Jury eine spezielle Frage stellen wird, wenn sie entschlossen ist, jemanden aufzunehmen. Das heißt, wenn sie deine Bewerbungsunterlagen für gut befinden, bekommst du nur noch eine einzige Frage gestellt. Wenn du sie gut beantwortest, wirst du aufgenommen."

Das Mädchen nickte ernst. „Die große Frage!"

„Bist du es wert, hier zu sein?", fragte die Mutter eindringlich.

Das kleine Mädchen hob seine Hand und zeigte drei Finger hoch. „Ja, bin ich. Drei Dinge machen mich wertvoll", begann es.

Doch noch bevor das Mädchen aufzählen konnte, was es mit seiner Mutter geübt hatte, wurde die Tür zu dem Saal aufgerissen, in dem die Aufnahmeprüfungen stattfanden.

All die Erwachsenen und Kinder, die auf der langen Bank saßen und warteten, bis sie an der Reihe waren, blickten auf. Eine Frau aus der Jury hielt mit strengem Blick die Tür auf. Aus dem Raum war unterdrücktes Weinen zu hören. Dann folgten Schritte und heraus traten ein Mann, eine Frau und ein Kind, die alle die Köpfe hängen ließen und verzweifelt schluchzten. Das Kind hatte offensichtlich die Aufnahmeprüfung nicht bestanden.

Das kleine Mädchen starrte die Familie entsetzt und mitleidig an.

Die Frau aus der Jury blickte ungerührt auf ihre Notizen und fragte laut: „Nummer null eins sieben?"

Das kleine Mädchen und seine Mutter zögerten. Dann standen sie zusammen auf, strichen gleichzeitig ihren Rock glatt und folgten der Frau in den Raum der Aufnahmeprüfung mit den exakt gleichen Bewegungen. Die Tür schloss sich hinter ihnen mit einem lauten Klacken.

Die Schulaula war ein riesiger Raum mit einer großen Bühne, auf der ein einziges Mikrofon stand. Dahinter musste sich das kleine Mädchen stellen und kam sich dort noch kleiner vor als sonst. Ein heller Scheinwerfer war auf es gerichtet und es konnte die Gesichter der Jury kaum erkennen.

Die Jury saß vor der Bühne. Außer der Frau waren noch vier weitere Erwachsene dabei, die weder lächelten noch grüßten.

Weiter hinten auf den Stühlen für das Publikum saß ganz allein die Mutter des Mädchens. Sie beobachtete gespannt, wie die Mitglieder der Jury in die Bewerbungsunterlagen ihrer Tochter vertieft waren. Hin und wieder nickten sie oder machten anerkennende Bemerkungen, denn das kleine Mädchen war schlau und hatte sehr gute Noten vorzuweisen.

Das kleine Mädchen blinzelte aufgeregt, zwang sich aber sofort, damit aufzuhören. Dann nickten sich die Mitglieder der Jury ernst zu und ein Prüfer räusperte sich.

Das Mädchen trat unruhig von einem Bein auf das andere, befahl sich aber sofort, damit aufzuhören.

Der Prüfer begann zu reden: „Wir haben deine Bewerbung geprüft … gut!"

Das Mädchen lächelte erleichtert. „Danke sehr!", rief es eifrig.

„Wir haben auch deine Aufsätze gelesen", fuhr der Prüfer fort.

„Danke sehr!", rief das kleine Mädchen begeistert und lächelte breit. Dann erinnerte sich das kleine Mädchen daran, dass es ruhig und bescheiden auf das Lob der Jury reagieren sollte, und zwang sich, ein Stückchen von dem Mikrofon abzurücken, und bemühte sich, beim Lächeln nicht seine Zähne zu zeigen.

„Nun", meinte der Prüfer. „Du hast deine Aufgaben erledigt und alles scheint in Ordnung zu sein."

Das kleine Mädchen versuchte wieder, ruhig und ernst zu bleiben.

„Wir werden dir nur eine einzige Frage stellen", sagte der Prüfer.

Das kleine Mädchen lächelte wissend. Es kannte die Frage, die große Frage, die die Jury ihm stellen würde. Auch die Mutter des Mädchens lächelte erleichtert.

„Kannst du uns in einem Wort sagen, was du sein willst, wenn du erwachsen bist?", fragte der Prüfer.

Die Mutter zuckte zusammen. Das war nicht die Frage, auf die sie und ihre Tochter sich vorbereitet hatten. Das war nicht die Frage, die laut den Umfragen von der Jury gestellt wurde. Doch das kleine Mädchen hatte dem Prüfer vor lauter Aufregung gar nicht richtig zugehört. Es hob selbstbewusst seine Hand und streckte drei Finger in die Luft.

„Ja, das bin ich!“, sagte das Mädchen langsam und stolz.

Die Mutter des Mädchens blinzelte nervös und rieb sich die Hände.

„Drei Dinge machen mich wertvoll“, fuhr das Mädchen laut und deutlich fort. „Erstens: Ich bin verantwortungsbewusst. Zweitens: Ich bin vernünftig.“

Trotz der blendenden Scheinwerfer konnte das kleine Mädchen erkennen, dass etwas nicht stimmte. Die Mitglieder der Jury rutschten auf ihren Plätzen hin und her, sahen sich verwirrt an und schüttelten die Köpfe. Dahinter wedelte die Mutter des Mädchens wie verrückt mit ihren Händen und bedeutete ihrer Tochter aufzuhören.

Das kleine Mädchen verstand nicht, was los war. Es war doch auf die eine große Frage perfekt vorbereitet und hatte alles auswendig gelernt. Wieso verhielten sich auf einmal alle Erwachsenen so merkwürdig?

Das kleine Mädchen versuchte, sich nicht durcheinanderbringen zu lassen. „Drittens: Wie meine standhafte, äh, Beschäftigung, äh, mit …“, stammelte das Mädchen, doch es merkte deutlich, dass etwas mit seinen Antworten nicht stimmte. Verzweifelt blickte es zu seiner Mutter, die inzwischen aufgesprungen war, aufgeregt blinzelte, mit den Armen ruderte und heftig den Kopf schüttelte.

Das kleine Mädchen wurde starr vor Schreck. Was hatte es falsch gemacht? Das Mädchen blinzelte heftig, um die Tränen aufzuhalten, die ihm in die Augen stiegen. Es sah auf seine Schuhe und wünschte sich, im Boden zu versinken. Alles um das Mädchen herum schien sich zu drehen. Die Schuhe, die Bretter der Bühne, die Köpfe in der Jury …

„Ähm, könnten Sie … äh, könnten Sie die Frage noch einmal wiederholen?“, bat das Mädchen mit schwacher Stimme.

„Ich fragte: Kannst du uns in einem Wort sagen, was du sein willst, wenn du erwachsen bist?“, wiederholte der Prüfer streng die Frage.

Doch das Mädchen hatte die Frage schon wieder nicht verstanden, denn in seinen Ohren rauschte und brummte es.

„Ich, äh, danke sehr“, flüsterte das Mädchen, so höflich es eben konnte. Dann knickten ihm die Beine weg und es fiel ohnmächtig zu Boden.

Die Mitglieder der Jury schnappten erschrocken nach Luft und die Mutter des Mädchens schlug entsetzt die Hände vor den Mund.

Das Mädchen blinzelte einmal kurz und sein Blick fiel auf ein großes Poster mit dem Logo der Akademie, das hinter der Bühne hing. Auf dem Poster war ein Kind mit einer Aktentasche abgebildet. Das Kind sah ernst aus und trug einen Anzug wie ein Erwachsener. In einer Sprechblase neben dem Kind stand: „Ich möchte wertvoll sein!“

„Ich möchte wertvoll sein“, murmelte das Mädchen und verlor erneut das Bewusstsein.

# Plan B

Zwanzig Minuten später saßen Mutter und Tochter im Auto in der Tiefgarage der Akademie. Das kleine Mädchen hatte ein Pflaster auf der Stirn und starrte ungläubig vor sich hin. Es konnte noch immer nicht fassen, was eben passiert war.

Auch die Mutter des Mädchens starrte stumm auf dem Fahrersitz vor sich hin. Sie konnte genauso wenig fassen, was eben passiert war.

Es herrschte eine unheimliche Stille im Auto. Eine traurige, hoffnungslose Stille.

„Offensichtlich haben sie die große Frage geändert“, murmelte das Mädchen schließlich.

Die Mutter war so in Gedanken versunken, dass sie ihre Tochter nicht zu hören schien.

Das kleine Mädchen wurde noch ein Stückchen kleiner auf seinem Sitz. „Es tut mir so leid, Mama“, flüsterte es.

„Nein“, sagte die Mutter. „Wir haben heute beide versagt, Liebling.“ Sie starrte weiter geradeaus und nickte entschieden. „Mach dir keine Sorgen. Wir gehen einfach zu Plan B über."

„Plan B?", rief das kleine Mädchen besorgt. „Aber du hast doch gesagt, Plan B sei unmöglich und viel zu teuer. Deswegen haben wir uns an Plan A gehalten."

Die Mutter drehte sich zu ihrer Tochter um und gab ihr einen kleinen Kuss auf das Stirnpflaster. „Ich weiß, aber wenn wir es schaffen, ein Haus in der Nähe der Schule zu finden, das wir uns leisten können, dann wirst du automatisch für sie eingeteilt." Die Mutter startete entschlossen den Motor und setzte ihr nagelneues lilafarbenes Auto aus der Parklücke. „Sie lassen uns keine andere Wahl. Plan B ist der neue Plan A."

Die Mutter des kleinen Mädchens war eine Frau, die alles für ihre Tochter tat. Sie war eine Frau, die ihre Ziele mit viel Ehrgeiz und Disziplin verfolgte. So gelang es ihr tatsächlich, ein Haus in der Nähe der Akademie zu erstehen. Das Haus war zum Glück sehr viel günstiger gewesen als all die anderen in der Nachbarschaft. Der Grund war aber nicht das Haus selbst, sondern das daneben, das sein ganz eigenes Geheimnis barg. Aber davon ahnten die Mutter und das Mädchen noch nichts.

Sie waren lange damit beschäftigt, Kisten zu packen und Möbel auseinanderzubauen. Am ersten Tag der Sommerferien fuhren sie mit dem Auto an dem turmhohen Gebäude der Akademie vorbei. Sie saßen in einem gebrauchten Kombi, denn die Mutter hatte ihr neues Auto verkaufen müssen.

„Wir haben es geschafft!", freute sich die Mutter. „Du wirst nach den Ferien auf die Akademie gehen, ob sie es wollen oder nicht."

Das kleine Mädchen presste seine Nase an die Scheibe und betrachtete schweigend das riesige Hochhaus.

Dann bogen sie in ein Wohngebiet ein, in dem alle Häuser genau gleich aussahen. Es waren alles weiße Betonbauten mit den exakt gleich großen Gärten, mit den gleichen Garagen und dem gleichen Pflaster in der Einfahrt. Alles war grau und weiß, gerade und ordentlich.

Die Mutter fuhr in die Einfahrt eines weißen Hauses, das genauso aussah wie alle anderen. Nur steckte im Vorgarten noch das Schild, auf dem stand: *Zu verkaufen – reduziert!* Die Mutter schaltete den Motor ab und atmete tief durch.

„Ist es zu spät für Plan C?", fragte das Mädchen schüchtern.

In diesem Moment flog ein Schatten über die Gesichter von Mutter und Tochter. Die beiden verfolgten den Schatten mit den Augen und stellten fest, dass er vom Nachbarhaus kam.

Die Mutter und das kleine Mädchen stiegen aus dem

Auto aus und bemerkten einen großen Drachen, der über dem Dach eines alten, schiefen Hauses schwebte. Das Haus war bunt und mit Efeu bewachsen. Ebenso wie das Haus hatte auch der Drachen schon bessere Tage gesehen. Er war an manchen Stellen eingerissen und viele Schleifen an seinem langen Band fehlten bereits. Dennoch fühlte sich das kleine Mädchen seltsam angezogen von dem Drachen, der so fröhlich im Wind vor dem strahlend blauen Himmel hin- und herflatterte. Es war, als ob jemand einen Willkommensgruß für sie in die Luft schrieb.

Doch die Mutter schaute nur verächtlich auf das alte Haus. „Denk daran: Dieses hässliche Haus nebenan ist der Grund dafür, dass wir unser Haus so günstig kaufen konnten … und dafür, dass wir deine Zukunft möglich machen können."

Ein paar Vögel, die eben noch auf dem kaputten Dach des alten Hauses gesessen hatten, flogen hinüber auf das Dach des neuen Hauses. Die Augen der Mutter verengten sich zu Schlitzen. Schnell griff sie zu einem Gartenschlauch, drehte das Wasser voll auf und schoss die Vögel mit dem Wasserstrahl vom Dach wie ein Scharfschütze.

Als das Dach von den Vögeln befreit war, blickte das kleine Mädchen seine Mutter fragend an: „Ähm, Mama?"

Die Mutter entdeckte jedoch noch einen Vogel, der auf

dem *Zu verkaufen*-Schild landen wollte und schoss erneut mit dem Wasserstrahl. Dann erst wandte sie sich ihrer Tochter zu.

„Glaubst du wirklich, dass ich es wert bin, an die Akademie zu gehen?“, fragte das kleine Mädchen mit großen Augen.

„Erstens: Du bist es. Und zweitens: Für den unwahrscheinlichen Fall, dass du es nicht bist, wirst du es am Ende der Sommerferien sein. Ich habe nämlich einen Plan erstellt“, erklärte die Mutter.

In diesem Moment piepte die Uhr der Mutter. Sie stellte den Alarm aus und sah zum Ende der Straße. Von dort kam ein Umzugslaster auf sie zu.

„Sehr gut, genau pünktlich!“, freute sich die Mutter.

# Der Lebens-Plan

Der Plan, den die Mutter des Mädchens erstellt hatte, war groß und schwer und aus Holz. Zwei Umzugshelfer wuchteten die riesige, aber sehr flache Kiste in das neue Haus und befestigten sie an einer Wand in der Küche.

Als die beiden Männer die Küche verlassen hatten, zeigte die Mutter auf die Holzkiste. „Ich nenne das deinen Lebens-Plan“, erklärte sie und reichte dem kleinen Mädchen ein Klemmbrett. Dann legte die Mutter ihre Hände an die Griffe der Kiste, die sich in der Mitte befanden.

„Lebens-Plan?“, fragte das kleine Mädchen erstaunt.

Die Mutter machte ein geheimnisvolles Gesicht und öffnete schwungvoll den hölzernen Deckel.

„Ja. Lebens-Plan“, bestätigte die Mutter. „Wir überlassen nichts dem Zufall.“

Mit offenem Mund starrte das Mädchen in die Kiste hinein. An einer Art Tafel hingen Kalender und Uhren, daneben waren Tabellen, Schaubilder und Stundenpläne.

Überall klebten Magnete und Zettel, auf denen Aufgaben standen. Außerdem gab es jede Menge Akten, Hefte und Ordner mit wichtigen Dokumenten darin.

Die Mutter nahm einen langen Zeigestock, tippte damit auf einzelne Daten des Lebens-Plans und erklärte dazu: „Hier ist alles von oben nach unten sortiert und von links nach rechts. Lass uns mal genauer hinschauen. Jede Minute einer Stunde, jede Stunde eines Tages, jeder Tag einer Woche, jede Woche eines Monats, jeder Monat eines Jahres und jedes Jahr deines Lebens sind verplant. Alles, verstanden?"

Die Mutter hatte immer schneller geredet und das kleine Mädchen blickte sie verwirrt an, versuchte aber, so zu tun, als hätte es alles verstanden. „Aha", murmelte es.

Die Mutter öffnete ein paar Ordner und Mappen, in denen weitere Tabellen und Stundenpläne abgeheftet waren.

„Es gibt sogar eine Tabelle mit all deinen Geburtstagsgeschenken. Hier, schau: Zu deinem neunten Geburtstag bekommst du ein Mikroskop. Perfekt für das Fach Biologie. Und es ist sogar schon eingepackt", verkündete die Mutter.

„Wow", meinte das Mädchen und betrachtete dann stumm den Lebens-Plan. Seinen Lebens-Plan!

„Ja, beeindruckend, nicht wahr?", fragte die Mutter

stolz. „Aber jetzt sollte all deine Aufmerksamkeit diesem Punkt hier gelten: Der erste Tag an deiner neuen Schule!“

Die Mutter ging vor der Tafel in die Hocke und tippte mit ihrem Zeigestock auf eine bunte Schachtel, auf der *Akademie* stand. Dann fuhr sie mit dem Stock an einer Reihe von Kästchen, auf denen Zahlen geschrieben standen, nach links. „Wir haben 53 Tage Zeit, dich auf deinen ersten Schultag vorzubereiten“, erklärte sie. „Für jeden Tag gibt es ein Feld mit Aufgaben. 53 Tage klingt nicht viel, aber wenn man es in Stunden umrechnet, sieht die Sache schon ganz anders aus, es sind nämlich 1.272 Stunden, das sind 76.320 Minuten. Nur damit dir klar ist, wie viel wir in der Zeit schaffen können. Wir werden jede einzelne Sekunde, Minute, Stunde und jeden Tag nutzen. Wir können es uns nicht noch einmal erlauben, zu versagen wie bei der Aufnahmeprüfung.“

„Stimmt“, sagte das kleine Mädchen leise.

Die Mutter stand wieder auf und sah ihre Tochter ernst an. „Du wirst eine wundervolle Erwachsene werden.“

Die Mutter reichte ihrer Tochter den Zeigestock.

„Danke, Mama“, sagte das Mädchen.

# Ein Loch im Zaun

Als die Mutter wenige Minuten später den schwachen Motor ihres Autos startete, stand das Mädchen ratlos neben der Fahrertür.

Hektisch blickte die Mutter auf die Uhr und erklärte: „Ich wünschte, ich könnte bleiben, Liebling. Aber wir haben heute einen sehr wichtigen Termin. Unsere Zahlen sehen nicht gut aus, bloß hat diesmal Fines Wind davon bekommen. Jetzt ist Logan in Panik und Fischer will nichts damit zu tun haben …“

„Aha“, bemerkte das Mädchen.

Die Mutter lächelte. „Ich muss los und …“

„… alles wieder in Ordnung bringen“, ergänzte das Mädchen.

„Ich bin nicht sicher, ob das überhaupt möglich ist“, murmelte die Mutter.

„Wenn es jemand kann, dann du. Fahr ruhig, Mama. Ich habe ja den Lebens-Plan“, sagte das Mädchen.

„Jawohl, Chef“, meinte die Mutter und fuhr hupend davon.

Einsam und verlassen stand das kleine Mädchen in der Einfahrt seines neuen Zuhauses. Ein bisschen ängstlich war es schon. Eigentlich war es nicht gern allein, aber die Mutter musste viel arbeiten. Ganz kurz dachte das Mädchen an Plan C. Wäre es wirklich so schlimm, wenn es seinen Vater um Unterstützung bitten würde? Der Vater des Mädchens hatte immer nur gearbeitet und sich weder um seine Frau noch um seine Tochter gekümmert. Eines Tages hatte die Mutter den Vater verlassen. Seitdem schrieb er nur noch zu ihren Geburtstagen.

Das Mädchen atmete tief ein, ging ins Haus und schloss die Tür. Kurz darauf öffnete es sie wieder und steckte seinen Kopf hinaus, um zu schnuppern.

„Was ist das?“, fragte das Mädchen. „Irgendetwas riecht doch hier.“ Es betrachtete das verfallene Nachbarhaus und beschloss, dem merkwürdigen Geruch auf den Grund zu gehen. Das Mädchen lief in den Garten hinter dem Haus und schaute über den Zaun in den Nachbargarten. Hier wuchs alles kreuz und quer: Blumen, Unkraut, alte Bäume und Büsche. Außerdem lagen auf der Wiese seltsame bunte Gegenstände herum. Ein bisschen sah es aus wie ein Flohmarkt, fand das Mädchen. Wieder schnupperte es. „Das riecht nach … Benzin!“, stellte das Mädchen fest und rückte etwas von dem Zaun ab. Dabei ließ es das alte Haus nicht aus den Augen.

Plötzlich war ein lautes BOBOBOBOBOMMM! zu hören. Das Mädchen riss die Augen auf. Es klang ein bisschen wie der Motor von Mamas altem Auto. PUFF, PUFF, PUFF! Mehrere Rußwolken stiegen in den Himmel auf. Die Vögel auf dem Dach des alten Hauses flatterten hektisch davon. Langsam wich das Mädchen zurück in Richtung der gläsernen Schiebetür, die in die Küche führte und ein Stückchen offen stand. Das Mädchen wollte so schnell wie möglich im Haus verschwinden. Doch noch bevor es die Glastür erreicht hatte, brach etwas mit ohrenbetäubendem Lärm durch den Zaun und dann mitten durch die Hauswand. Als es in der Küche landete, gab es einen lauten Knall. Schnell lief das Mädchen zu der Glastür und betrachtete das Chaos. Das rätselhafte Ding in der Küche machte so viel Wind, dass sämtliche Kalender und Zettel, Ordner und Magneten des Lebens-Plans durcheinanderwirbelten.

„Oh nein, nein, nein, nein, nein!", schrie das Mädchen. Der Lebens-Plan war überall in der Küche verstreut. Und mittendrin lag ein Propeller auf dem Fußboden! Er sah aus wie von einem Flugzeug und drehte sich in Höchstgeschwindigkeit. Entsetzt betrachtete das Mädchen die Zerstörung und ging vorsichtig zu dem Loch in der Wand, das der Propeller aufgerissen hatte. Das Mädchen kroch hindurch nach draußen in den Garten bis zu dem

Loch im Zaun. Plötzlich tauchten auf der anderen Seite der Öffnung aus dem Rauch zwei große Schuhe auf. Als das Mädchen erschrocken zurückstolperte, sah es, wie ein alter Mann den Garten betrat und auf das Loch in der Küchenwand zusteuerte. Der Mann war groß und dünn und hatte einen wuscheligen grauen Bart. Er trug einen gelben Arbeitsanzug und einen weißen Schal und auf dem Kopf eine Fliegermütze. Er bemerkte das Mädchen nicht, während er die kaputte Hauswand untersuchte. Als Nächstes kletterte er durch das Loch ins Haus. Schnell kroch das Mädchen hinterher und spähte in die Küche. Dort stand der alte Mann und sah sich um.

„Hallo? Ist jemand zu Hause?“, rief er.

Das Mädchen antwortete nicht. Es hörte, wie der alte Mann die Schiebetür schloss, und sah dann, wie er den Propeller durch das Loch in dem Zaun zog und verschwand.

Verblüfft beobachtete das Mädchen, wie kurz darauf zwei knochige Hände einen riesigen Blumentopf mit einer grünen Pflanze vor das Loch im Zaun schoben, um es wieder zu schließen.

Das Mädchen blinzelte verwirrt und rannte schnell ins Haus.

# Der sonderbare Nachbar

Wenig später herrschte Aufregung in der sonst so geordneten Nachbarschaft. Ein Polizeiauto kam angerast und parkte vor dem Haus des alten Mannes. Ein Polizist sprang heraus und lief zur Haustür. Neugierig versammelten sich die Nachbarn in ihren Vorgärten. Sie waren alle ordentlich gekleidet, hielten ihre Rücken gerade und sahen sehr ernst aus. Eigentlich sahen sie alle gleich aus, genau wie ihre Häuser. Auch das kleine Mädchen hatte sein Haus verlassen und lauschte, was die Nachbarn redeten: „Ich kann gar nicht glauben, dass er ein Flugzeug dahinten stehen hatte“, schimpfte eine Frau. „Ich dachte, er wäre schon vor Jahren davongeflogen“, meinte ein Mann. „Bin ich froh, dass wir nicht neben ihm wohnen“, sagte eine andere Frau. „Wann sieht er endlich ein, dass er kein Pilot mehr ist?“, fragte ein weiterer Nachbar.

Das Mädchen sah sich besorgt um. Einer der Polizisten hörte im Streifenwagen den Funk ab. „Verstanden!“, rief er. Der andere Polizist klopfte erneut an die Haustür.

Nach ein paar Minuten öffnete sie sich langsam und der alte Mann steckte seinen Kopf hinaus. „Oh, hallo!“, grüßte er.

Das Mädchen bemerkte erstaunt, dass der alte Mann seine Haare und seinen Bart gekämmt und sich ein Jackett und eine Krawatte angezogen hatte.

„Einen wunderschönen guten Abend, Herr Polizist“, sagte er, und als er die versammelte Nachbarschaft erblickte, fügte er hinzu: „Und Freunde!“

Entsetzt darüber, dass der alte Mann sie als Freunde bezeichnete, schauten die Nachbarn betreten zu Boden und verschwanden, so schnell sie konnten, in ihren Häusern. Hier und da wurden Jalousien heruntergelassen. Nur das kleine Mädchen blieb stehen.

„Ich war soeben vertieft in eine Partie Schach und könnte einen Mitspieler gebrauchen. Spielen Sie?“, fragte der alte Mann.

Der Polizist runzelte verärgert die Stirn.

„Oh, richtig, Golf ist Ihr Spiel, nicht wahr?“, beeilte sich der alte Mann zu sagen.

„Haben Sie schon wieder versucht, Ihr Flugzeug zu starten?“, fragte der Polizist streng.

Der alte Mann blinzelte nervös. „Ja, ja, das habe ich“, flüsterte er beschämt und ließ den Kopf hängen. „Es tut mir schrecklich, schrecklich leid. Ich fürchte, ich habe einen ziemlichen Schaden am Nachbarhaus verursacht." Der alte Mann hob seine Hände wie ein Verbrecher. „Nehmen Sie mich jetzt fest?"

Der Polizist schüttelte den Kopf. „Wohl eher nicht."

Der alte Mann kratzte sich an seinem Bart. „Warten Sie!", rief er und lief ins Haus.

Der Polizist wartete geduldig und nickte dem kleinen Mädchen einmal kurz zu, um ihm zu versichern, dass alles in Ordnung war. Doch plötzlich klapperte und schepperte es im Haus des alten Mannes. Der Polizist wollte gerade besorgt nachsehen, als der alte Mann mit einem riesigen Einmachglas auftauchte.

„Ich habe es gefunden", sagte er zufrieden und hob das schwere Glas über seinen Kopf. Es war von oben bis unten voll mit Geldmünzen aus allen möglichen Ländern.

„Hier drin sind drei Jahrzehnte Wechselgeld", erklärte der alte Mann und wackelte mit dem schweren Glas hin und her. Die Münzen klimperten fröhlich.

„Ist das Ihr Ernst?", fragte der Polizist ausdruckslos.

„Na ja, als kleine Entschädigung vielleicht?" Der alte Mann zuckte mit den Schultern.

Resigniert nahm der Polizist das Einmachglas und brachte es dem kleinen Mädchen, das es verwirrt entgegennahm und damit zurück ins Haus ging. In der Küche betrachtete das Mädchen den durcheinandergewirbelten Lebens-Plan und versuchte, die Kalender, Tabellen, Stundenpläne und Magneten wieder an die richtigen Stellen zu hängen. Doch es waren so viele und das Mädchen wusste nicht, was wo gehangen hatte. Es seufzte unglücklich und versuchte, nicht zu weinen.

Draußen gingen die Straßenlaternen an, es wurde Abend. Erschöpft setzte sich das Mädchen auf eine Umzugskiste im Wohnzimmer und starrte das Einmachglas mit den vielen verschiedenen Münzen an. Es hörte, wie das Auto seiner Mutter in die Einfahrt einbog und schließlich ihre Schritte im Hausflur. „Hallo, ich bin zu Hause … ich habe chinesisches Essen mitgebracht!“, rief die Mutter und kam mit einem Stapel Akten in der einen Hand und einer Tüte in der anderen ins Wohnzimmer. Sie hatte ihre Tochter noch gar nicht bemerkt.

„Mama?“, fragte das Mädchen.

„Oh, hallo!“, rief die Mutter überrascht. „Ich dachte, du bist oben an deinem Schreibtisch und lernst.“

„Hallo“, grüßte das Mädchen schüchtern.

Die Mutter sah ihre Tochter prüfend an und bemerkte das Einmachglas. „Wo hast du denn all das Kleingeld her?“, fragte sie.

„Der alte Mann von nebenan …“, begann das Mädchen, doch als die Mutter die Stirn runzelte, hörte es auf zu reden.

„Eigentlich“, versuchte es das Mädchen erneut. „Eigentlich hat der Polizist es mir gegeben.“

Die Mutter schaute das Mädchen besorgt an. „Wer?“, fragte sie.

Wenige Augenblicke später starrte die Mutter entgeistert durch das Loch in ihrer Küchenwand. „Was für ein Verrückter hat ein Flugzeug zu Hause und versucht, es in seinem Garten zu starten? Liebling, bist du sicher, dass es dir gut geht?“, fragte die Mutter.

Das kleine Mädchen nickte.

„Ich muss bei der Versicherung anrufen“, stellte die Mutter fest.

„Habe ich gemacht“, sagte das Mädchen.

„Und der Polizei einen Bericht schreiben“, fuhr die Mutter fort.

„Habe ich gemacht. In doppelter Ausführung“, erwiderte das Mädchen.

„Mit Fotobelegen?“, fragte die Mutter.

„Ja, ich habe Fotos von dem Loch von innen und außen gemacht. Das Licht hätte besser sein können, aber es wird gehen“, erklärte das Mädchen.

Die Mutter nickte schweigend und für einen Moment sah es so aus, als weinte sie. Doch dann straffte sie ihren Rücken und drückte einen Schalter an der zerstörten Wand. Wie durch ein Wunder ging das Küchenlicht an.

„So schlimm ist es ja gar nicht“, beruhigte die Mutter sich selbst.

PUFF, knallte die Birne und das Licht war wieder aus.

„Wir rufen morgen früh gleich eine Baufirma an und vergessen, dass der alte Mann nebenan überhaupt existiert“, beschloss die Mutter.

„Schon vergessen“, rief das Mädchen und beobachtete einen kleinen Vogel, der durch das Loch im Zaun in ihren Garten hüpfte.

„Hast du Hunger?“, fragte die Mutter und stellte die Tüte mit dem Essen auf den Küchentisch.

Nach dem Abendessen ging das kleine Mädchen in sein Zimmer und begann, Kisten auszuräumen. Schwere Lexika und viele andere Fachbücher räumte es in die Regale und seine neue Schuluniform hängte es sorgfältig auf einen Bügel.

Aus einer weiteren Kiste nahm das Mädchen acht Schneekugeln und stellte sie alle zusammen in ein Regalfach. Das Mädchen schüttelte eine der Schneekugeln, in der Hochhäuser zu sehen waren, auf die es munter hinabschneite. In allen Schneekugeln waren Hochhäuser zu sehen. Das Mädchen hatte diese Schneekugeln von seinem Vater zum Geburtstag bekommen, eine Schneekugel zu jedem Geburtstag. „Ich bin jetzt acht Jahre alt“, dachte das Mädchen. Dann blickte es auf die Uhr und stellte erschrocken fest, dass es schon spät war. Es musste seinen Vater und vor allem den alten Mann mit seinem Flugzeug vergessen und sofort anfangen zu lernen. Die ganze Aufregung heute Nachmittag hatte schrecklich viel von der Zeit gekostet, die dem Mädchen zum Lernen für den ersten Schultag blieb. Es setzte sich an den Schreibtisch, schlug ein dickes Schulbuch auf und begann zu lesen.

Dabei bemerkte das Mädchen nicht, wie durch das Fenster warme Abendluft hereinströmte. Es bemerkte auch nicht, dass sich vom Nachbarhaus ein kleiner Papierflieger auf den Weg zu ihm machte.

Erst als der Papierflieger durch das Fenster und auf sein Bett flog, schaute das Mädchen verblüfft auf. Vorsichtig nahm es den Flieger in beide Hände und untersuchte ihn. Dann faltete es ihn auseinander und zum Vorschein kam eine Zeichnung von einem kleinen Jungen. Der Junge trug einen hellgrünen Anzug, hatte einen sonnengelben Seidenschal um den Hals gebunden und weizenblondes wuscheliges Haar. Neben der Zeichnung stand ein Text.

Neugierig begann das kleine Mädchen zu lesen: „Es war einmal ein kleiner Prinz, der lebte auf einem Planeten, der war kaum größer als er selbst, und er wünschte sich nichts sehnlicher als einen Freund …“

Unschlüssig ließ das Mädchen das Papier sinken. Was hatte das zu bedeuten?

„Ich dachte, du könntest einen Freund gebrauchen!“, rief auf einmal der sonderbare Nachbar.

Das kleine Mädchen erkannte seine Stimme sofort, wusste aber nicht, woher sie kam.

„Ich bin hier oben!“, rief der alte Mann.

Als das Mädchen zum Fenster lief und nach oben sah, entdeckte es den alten Mann, der auf dem Dach des Nachbarhauses vor einem Teleskop saß und fröhlich herunterwinkte.

Das Mädchen runzelte die Stirn und wollte das Fenster schließen.

„Oh, es tut mir leid. Äh, das ist nur der Anfang der Geschichte“, sagte der alte Mann.

Das Mädchen schloss das Fenster.

„Ist schon gut. Die Geschichte versteht ohnehin niemand“, murmelte der alte Mann auf dem Dach und sah, wie das Mädchen die Jalousien herunterließ.

Er sah jedoch nicht, dass das Mädchen den Papierflieger mit dem kleinen Prinzen darauf direkt in den Müll schmiss.

# Der kleine Prinz

PIEP, PIEP, PIEP, PIEP!, klingelten am nächsten Morgen zwei Wecker. Müde stellte die Mutter den Wecker aus und erhob sich aus ihrem Bett. Auch ihre Tochter stoppte das Piepsen und stand auf. Seite an Seiten standen die beiden vor dem Waschbecken und putzten sich die Zähne mit ihren elektrischen Zahnbürsten. Ein zweifaches Brummen war zu hören, bis Mutter und Tochter gleichzeitig aufhörten.

„Vielleicht kannst du in deiner Mittagspause …“, begann die Mutter.

„… die Münzen zusammenrollen. Genau das Gleiche wollte ich gerade vorschlagen!“, beendete das Mädchen den Satz.

Mutter und Tochter lächelten sich an und starteten gleichzeitig wieder ihre Zahnbürsten.

Nach dem Frühstück packte die Mutter ihre Aktentasche und ging hinaus zu ihrem Wagen. Überrascht blickte sie auf eine gepflückte Wiesenblume und eine Karte, die unter dem Scheibenwischer klemmten.

Sie bemerkte nicht, dass der alte Mann von nebenan sie lächelnd dabei beobachtete, wie sie seinen Entschuldigungsbrief las. Doch die Mutter lächelte nicht. Sie runzelte beim Lesen die Stirn und warf anschließend die Karte in den Papiermüll und die Blume ordnungsgemäß in den Biomüll. Dann stieg sie in ihr Auto, schlug die Tür zu und fuhr schnell aus der Ausfahrt. Ratlos blickte der alte Mann ihr nach.

Das kleine Mädchen ahnte weder etwas von Entschuldigungskarten noch von Blumen. Es war den ganzen Vormittag damit beschäftigt, seine Aufgaben zu erledigen. Einen Punkt nach dem anderen hakte es gewissenhaft auf dem Lebens-Plan ab. Als Nächstes kam Mathematik dran. Eifrig beugte sich das Mädchen über ein großes Mathebuch und arbeitete darin ohne Unterbrechung. Bis der Alarm an seiner Uhr losging und es Zeit war, eine Pause zu machen und etwas zu essen. Danach schüttete das Mädchen das ganze Kleingeld zu einem riesigen Haufen auf den Küchentisch und begann, die Münzen sorgfältig zu stapeln und in Papier zu rollen. Als es die erste Rolle formte, pikste es etwas in den Zeigefinger.

„Au!", rief das Mädchen und zog den Finger zurück. Ein kleiner Tropfen Blut saß auf seiner Fingerspitze. Das Mädchen schüttete die Münzen wieder aus und entdeckte ein klitzekleines Spielzeugschwert darin. Verwundert legte das Mädchen das Schwert zur Seite und betrachtete neugierig den Haufen mit den Münzen. Vorsichtig schob es die Münzen etwas auseinander und entdeckte dabei einen kleinen Gegenstand nach dem anderen: eine bunt schillernde Murmel, eine glänzende Muschel, ein Spielzeugflugzeug, eine Plastikrose und einen kleinen Sternanhänger. Das Mädchen hielt die Fundstücke wie einen kleinen Schatz in den Händen und legte sie dann behutsam neben das winzige Schwert. Als es wieder zu den Münzen schaute, bemerkte es dort etwas Grünes. Das Mädchen zog neugierig daran und zum Vorschein kam eine sorgsam geschnitzte Holzfigur, die ihr sehr bekannt vorkam: Es war der kleine Prinz! Wie in der Zeichnung auf dem Papierflieger trug die Figur einen hellgrünen Anzug, einen sonnengelben Seidenschal um den Hals und hatte weizenblonde Haare.

Das Mädchen bestaunte die Figur und befühlte sie ausgiebig mit den Händen. Dann holte es eine Lupe und untersuchte damit jeden Zentimeter der kleinen Figur. In der Hand der Figur entdeckte das Mädchen eine kleine, viereckige Öffnung. Aufgeregt steckte es das Schwert hinein. KLICK! Das Schwert passte perfekt in die Hand des kleinen Prinzen. Das kleine Mädchen stellte die Figur auf den Tisch und legte die Murmel, die Muschel, das

Flugzeug und den Sternanhänger in einer Reihe daneben. Fasziniert starrte es auf die Gegenstände und erinnerte sich an den Anfang der Geschichte, die ihm der alte Mann geschickt hatte: „Es war einmal ein kleiner Prinz, der lebte auf einem Planeten, der war kaum größer als er selbst, und er wünschte sich nichts sehnlicher als einen Freund …“

Das Mädchen rannte nach oben in sein Zimmer und zog den Papierflieger aus dem Mülleimer. Atemlos las es, wie die Geschichte weiterging: „… Und der Pilot lebte sein Leben allein und konnte mit niemandem richtig reden. Niemand verstand ihn. So lernte er, wie man Flugzeuge fliegt.“

Das kleine Mädchen blickte durch das Fenster hinüber zum Nachbarhaus. Der alte Mann war also wirklich früher ein Pilot gewesen!

Plötzlich war es dem Mädchen, als sauste ein kleines Flugzeug um seinen Kopf herum und landete auf dem Papierflieger. Als wolle es sagen: Lies die Geschichte! Mit großer Neugier vertiefte sich das Mädchen also in die Geschichte, die der alte Mann als junger Pilot mit dem kleinen Prinzen erlebt hatte …

# Bruchlandung in der Sahara

Der Pilot flog mehr oder weniger über die ganze Welt, bis er eines Tages eine Notlandung in der Sahara vornehmen musste. Er konnte sein Flugzeug nicht mehr kontrollieren und landete es mitten im heißen, staubigen Wüstensand. Mühsam kletterte er aus seinem Cockpit und untersuchte besorgt, wie stark sein Flugzeug beschädigt war. Er war ohne Passagiere geflogen und hatte auch keinen Flugzeugmechaniker an Bord. Darum würde er sein Flugzeug allein reparieren müssen. Der Pilot schaute in alle Himmelsrichtungen, aber da war nichts als Wüste und flimmernde Hitze um ihn herum. Schnell prüfte er, wie viel Wasser er noch hatte, und musste feststellen, dass es nicht sehr lange reichen würde. Höchstens für eine Woche. Nachdem er eine Weile damit beschäftigt gewesen war, sein Flugzeug zu reparieren, wurde der Pilot müde und schlief einfach auf dem Sand ein. Die Nacht brach herein und mit ihr die Kälte. Es war still. Unendlich still. Der Pilot schlief tief und fest … bis ein Kichern zu hören war. Er schlug die Augen auf. Über ihm funkelte und glitzerte ein Meer von Sternen. So hell und klar sahen sie aus und so viele Tausend Sterne waren es, dass es dem Piloten beinahe den Atem verschlug. Aber seit wann lachten die Sterne?

„Bitte mal mir ein Schaf", sagte jemand.

Der Pilot richtete sich auf und erblickte einen kleinen Jungen. Genau in diesem Moment schickte die Sonne ihre ersten hellen Strahlen über die Wüste und der Pilot erkannte, dass der Junge einen hellgrünen Anzug und einen sonnengelben Seidenschal trug. Sein weizenblondes Haar leuchtete und die Augen des Jungen funkelten wie Sterne.

„Bitte mal mir ein Schaf“, wiederholte der Junge.

Der Pilot blickte sich erstaunt um. Spielte ihm die Wüste einen Streich? Schlief er noch und träumte gar? Wie kam ein kleiner Junge mitten in die Sahara-Wüste? Und warum wollte er unbedingt ein Schaf gemalt bekommen? Wieso bat er nicht um Wasser oder um Hilfe? Doch wenn ein Wunder so groß und überwältigend ist, wagt man nicht zu widersprechen. Der Pilot, der viel über Geografie und Mathematik, wenig jedoch über die Kunst des Malens gelernt hatte, antwortete aber: „Malen? Ich kann nicht malen.“

„Das macht nichts“, sagte das Kind und kicherte erneut.

Und so malte der Pilot ein Schaf. Das erste Schaf sah irgendwie krank aus. Und das zweite gefiel dem Jungen ebenso wenig, denn es hatte Hörner und glich eher einem Widder als einem Schaf. Auch das dritte Schaf lehnte er ab.

„Das Schaf ist zu alt!“, rief er. „Ich möchte ein Schaf, das noch lange leben wird.“

Der Pilot wurde ungeduldig und malte kurzerhand eine Kiste mit drei Löchern an der Seite.

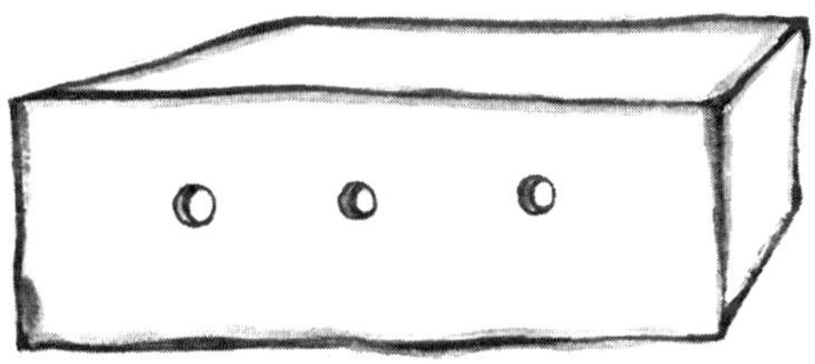

„Das Schaf, das du möchtest, ist hier in der Kiste drin“, erklärte er knapp.

Der Junge nahm das Blatt Papier mit der Zeichnung, betrachtete es eingehend und sein Gesicht erhellte sich.

„Genau so habe ich es mir vorgestellt!“, rief er begeistert. „Glaubst du, dass das Schaf sehr viel Gras fressen muss? Denn da, wo ich wohne, ist alles sehr klein.“

„Oh, ich bin sicher, da wird es genug Gras für dein Schaf geben. Es ist ebenfalls sehr klein“, versicherte der Pilot.

Der sonderbare kleine Kerl ging bis zur Nasenspitze an die gezeichnete Kiste heran. „Na ja, so klein ist es gar nicht – oh, schau nur! Jetzt ist es eingeschlafen!“, rief er.

So lernte der Pilot den kleinen Prinzen kennen.

# Unter dem Fallschirm

Das kleine Mädchen blickte erstaunt auf. Die Geschichte des Piloten über seine erste Begegnung mit dem kleinen Prinzen hatte es völlig in ihren Bann gezogen. Verblüfft betrachtete es die Kiste mit den drei Löchern an der Seite, die der alte Mann zwischen die Zeilen gemalt hatte. Das Mädchen ging bis zur Nasenspitze an das Papier heran. Dann hielt es die Zeichnung weit von sich weg. Wie hatte der kleine Prinz in der Kiste das kleine Schaf sehen können? Woher hatte er gewusst, dass es schlief? Das Mädchen stand auf und sah aus dem Fenster in den Garten des Nachbarhauses. Durch die Äste der Bäume konnte es das Heck eines alten Flugzeugs ausmachen. Es setzte sich zurück an seinen Schreibtisch und betrachtete die vielen Schulbücher. Dann schaute es auf die Uhr. Es war erst nachmittags. Der Tag hatte noch genug Stunden, um zu lernen. Ohne weiter zu überlegen, schnappte sich das Mädchen den Papierflieger mit der Geschichte des kleinen Prinzen, sprang auf und rannte hinaus in den Garten. Es schob den Blumentopf zur

Seite und spähte durch das Loch, das der Propeller verursacht hatte. Dahinter konnte man Wiesenblumen, Büsche und hochgewachsenes Gras sehen. Wieder schaute das Mädchen auf seine Uhr. Doch die Neugier war zu groß und es beschloss, dass später wirklich noch genug Zeit blieb, um die Aufgaben für diesen Tag zu erledigen. Also steckte das Mädchen seinen Kopf durch das Loch im Zaun und lauschte. Da hörte jemand Musik. Es klang irgendwie ... französisch! Das Mädchen nahm den Papierflieger vorsichtig zwischen die Lippen, zwängte sich durch das Loch und krabbelte anschließend durch einen Tunnel aus Büschen. Als es den wilden Garten des alten Mannes erreicht hatte und aufschaute, blickte es in die Augen einer kleinen Vogelschar, die es überrascht betrachtete.

Das Mädchen rappelte sich auf und folgte den Klängen der Musik. So fand es den alten Piloten, der sich über den Motor seines Flugzeugs beugte. Ein altmodischer Schallplattenspieler stand in einem Bollerwagen und ließ knackend eine Platte kreisen. Als das Mädchen weiter auf den alten Mann zuging, bemerkte es auf der Wiese verstreut viele merkwürdige Apparate und Skulpturen. An den knorrigen Ästen der Bäume hingen bunte Glasflaschen an Schnüren und reflektierten das Sonnenlicht in kleinen Sprenkeln. Das Mädchen ging noch näher an den alten Mann heran und versuchte, auf sich aufmerksam zu machen: „Ähm, hallo?“

Doch der alte Pilot hörte das Mädchen nicht, denn der Plattenspieler stand genau neben ihm. „Hallo?“, fragte das Mädchen erneut. Dann rief es, so laut es konnte: „HALLO?“

Genau in diesem Moment war die Platte zu Ende und der alte Mann hob erschrocken seinen Kopf. „AAAAHHHHH!“, schrie er, als er das Mädchen sah.

„AAAAHHHHH!“, schrie das Mädchen nicht weniger erschrocken.

Vor lauter Schreck zog der alte Pilot an der Reißleine für einen Fallschirm, welcher sich nun voll entfaltete und wie eine bunte, umgekehrte Tulpe einen Moment am Himmel schwebte.

„Oh!“, staunte das Mädchen. Wie der bunte Drachen am Tag seiner Ankunft schien auch dieser Fallschirm einen Willkommensgruß in den Himmel zu schreiben. Dann senkte er sich langsam auf das Mädchen und den alten Piloten herab.

Der alte Mann lächelte das Mädchen an. Das Mädchen lächelte zurück. Der alte Mann lachte laut. Das Mädchen lachte ebenso laut. Und dann lachten der alte Mann und das kleine Mädchen gemeinsam. Die neugierige Vogelschar im Garten schaute zu dem großen, lachenden

Stück Stoff auf der Wiese, aus dem der alte Pilot erst sich und dann das kleine Mädchen befreite.

„I…Ich wollte Ihnen nur die Geschichte und die Zeichnungen wiedergeben“, stammelte das Mädchen und reichte dem alten Mann den Papierflieger.

„Oh, mochtest du sie nicht?“, fragte der alte Pilot und nahm den Papierflieger entgegen.

„Doch, doch!“, beeilte sich das Mädchen zu sagen.

„Ich kann nicht besonders gut malen, stimmt's?“, fragte der Mann leise.

„Doch, doch. Sehr schön!“ Das Mädchen zögerte. „Und, äh … ich habe auch die Geschichte sehr aufmerksam gelesen. Ich fand sie … ähm, etwas seltsam.“

„Seltsam?“, fragte der alte Pilot und kratzte sich an seinem Bart.

„Na ja. Ausgefallen oder … oder interessant. Ich denke, ich habe teilweise ein paar Fragen zu den Fakten“, ergänzte das Mädchen.

„Oh, du hast Fragen?“, wiederholte der alte Mann.

„Ich möchte nicht unhöflich sein. Darf ich?“, fragte das Mädchen.

„Was? Unhöflich sein? Schieß los, worum geht es?“, fragte der Pilot zurück.

Das Mädchen stützte die Hände in die Hüften und sah den alten Mann herausfordernd an. Dann legte es los:

„Also: Was hat das Kind in der Wüste gemacht? Das ist sehr merkwürdig. Niemand kann lange in der Wüste überleben ohne Wasser und Nahrung. Wo sind seine Eltern? Geht der Junge überhaupt zur Schule? Und kommt er wirklich von einem anderen Planeten? Ich habe nämlich einen Grundkurs in Astronomie besucht und da wurde niemals von Leben oder gar Kindern auf irgendeinem anderen Planeten berichtet. Wenn es überhaupt stimmt, dass er von einem anderen Stern kam, was sehr unwahrscheinlich ist …“

„Oh, nicht von einem Stern!“, unterbracht der alte Pilot das kleine Mädchen. „Er kam von einem Asteroiden. Dem Asteroiden B 612.“

Der Mann stand auf, um den Fallschirm einzusammeln. Das Mädchen schaute ihn verblüfft an. Es hatte nicht erwartet, eine so genaue Antwort zu bekommen. „Oh, na ja, über Asteroiden haben wir nichts in dem Kurs gelernt“, sagte das Mädchen.

Der alte Mann schmunzelte und machte sich auf den Weg zu seinem Haus. Dabei zog er den Bollerwagen mit dem Plattenspieler hinter sich her. „Aber allein die Tatsache, dass der kleine Prinz ein Schaf haben wollte, beweist doch ziemlich gut, dass es ihn gibt, oder?“, fragte der alte Pilot.

Das kleine Mädchen schaute auf seine Armbanduhr

und sah dem Piloten nachdenklich hinterher, wie er leicht gebückt über die Wiese schlurfte.

„Ich habe noch mehr Zeichnungen für dich", verriet der alte Mann.

Das Mädchen folgte ihm langsam bis in ein Zimmer, in dem er die Vorhänge aufzog und jede Menge Staub aufwirbelte. Im Licht erkannte das kleine Mädchen wie schon auf der Wiese viele merkwürdige Kunstwerke und alte Sammlerstücke. Die meisten Sachen waren aus Holz.

„Oje, hier herrscht aber ernste Brandgefahr", murmelte das Mädchen.

„Oh, so habe ich das noch nie gesehen", meinte der alte Mann und kratzte sich am Bart.

„Wo hast du denn den ganzen Kram her?", fragte das kleine Mädchen und sah sich weiter um.

„Na ja", antwortete der alte Mann. „Je länger du lebst, desto mehr Dinge gehören zu dir. Es gibt auch einen Namen dafür …"

„Sammeln?", fragte das Mädchen.

„Nein, anhäufen. Ich häufe Dinge an", brummte der alte Pilot, während er einen Stapel Papier nach den Zeichnungen durchsuchte.

Das Mädchen entdeckte einen kleinen Fuchs aus Stoff, der auf dem Boden mitten zwischen den vielen Sachen des alten Mannes saß.

„Oh, wie heißt denn du, kleiner Herr Fuchs?“, fragte das Mädchen und nahm den Fuchs in die Arme.

„Er kann dir nicht antworten. Ich muss ihm noch einen neuen Mund nähen“, sagte der alte Pilot und ging aus dem Raum, um woanders weiterzusuchen.

Plötzlich krachte und knallte es, dann war es still. Das kleine Mädchen sah erschrocken auf. „Ist alles in Ordnung?“, fragte es und suchte den alten Mann. Das Mädchen fand ihn, oder vielmehr seine Beine, die unter einem zerschlissenen Sofa herausragten.

„Ja, mir geht es gut. Ich brauche nur eine Minute. Wobei, das letzte Mal, als das passiert ist, war ich drei Tage hier unten“, kam es dumpf unter dem Sofa hervor.

„Drei Tage?“, fragte das kleine Mädchen ungläubig.

„Das war nicht so schlimm. Ich habe immer ein belegtes Brot in meiner Hosentasche“, erklärte der alte Pilot und holte ein vertrocknetes Butterbrot unter dem Sofa hervor. „Möchtest du mal abbeißen? Ich glaube, es ist Salami.“

„Uh, ich glaube, ich vertrage keine Salami“, behauptete das Mädchen.

„Ja, ich denke, es ist Salami“, murmelte der alte Mann und das Mädchen konnte hören, wie er an dem Brot schnüffelte und dann genüsslich hineinbiss.

Obwohl es bereits spät war und das kleine Mädchen

wieder nach Hause wollte, überredete der alte Pilot es, noch zu bleiben, nachdem er mühsam unter dem Sofa hervorgekrochen war. Die Zeichnungen schien er schon wieder vergessen zu haben, als er das Mädchen bat, im Garten zu warten. Er selbst kletterte über ein Fenster auf das Dach und ließ knarrend und quietschend etwas zu dem Mädchen herab. Da es schon dunkel wurde, erkannte das kleine Mädchen erst, als das Ding unten war, was es war. Ein fabelhaft-verrückter selbst gebauter Aufzug!

„Heute Nacht wird es ganz klar!", rief der alte Mann fröhlich von oben.

Das kleine Mädchen schaute auf seine Uhr und überlegte besorgt, ob es noch ein bisschen bleiben konnte. Wenn die Mutter es hier erwischte, würde es riesigen Ärger geben. Außerdem würde das Mädchen die ganze Nacht lernen müssen, um die vielen Stunden nachzuholen, die es mit dem alten Mann verbracht hatte. Doch dann drückte das kleine Mädchen den Stofffuchs an sich und stieg entschlossen in den wackeligen Aufzug. Zunächst war es etwas ängstlich, als die alten Seile des Aufzugs wie verrückt knarzten, doch dann genoss es die Fahrt nach oben und lächelte.

„Die Sterne werden gleich zu sehen sein", versprach der alte Mann und half dem Mädchen auf eine kleine Plattform.

Mit großen Augen bestaunte das Mädchen die Welt unter sich und konnte sich gar nicht sattsehen an der riesigen roten Sonne, die langsam unterging. Es fühlte sich ein wenig traurig und einsam und hielt den kleinen Fuchs ganz fest.

Still warteten das Mädchen, der Fuchs und der alte Pilot, bis die Sonne am Horizont verschwunden war.

„Der kleine Prinz liebte Sonnenuntergänge. Einmal hat er sich an einem einzigen Tag 44 Sonnenuntergänge angesehen!“, flüsterte der alte Mann in die Stille.

„Was?“, fragte das kleine Mädchen verwundert.

„Sein Planet war so klein, dass er nur seinen Stuhl ein kleines Stückchen verrücken musste, um den nächsten Sonnenuntergang zu betrachten“, erklärte der Pilot.

Das kleine Mädchen kicherte ungläubig.

„Aber der kleine Prinz hatte auch Aufgaben zu erledigen“, fuhr der alte Mann fort. „Es gab nämlich auf seinem Planeten drei Vulkane. Zwei davon waren noch aktiv und er kehrte sie jeden Tag aus, damit sie nicht ausbrechen konnten. Der dritte Vulkan war zwar schon erloschen, aber der kleine Prinz fegte ihn trotzdem aus, denn man konnte ja nie wissen, ob er nicht doch eines Tages noch mal ausbrach. Und so ein kleiner Planet hat auch seine Nachteile.“ Der alte Mann zog eine weitere Zeichnung aus seiner Hosentasche. Also hatte er die

Zeichnungen doch nicht vergessen! Gespannt betrachtete das kleine Mädchen das Bild. Darauf war der kleine Prinz auf dem Asteroiden B 612 zu sehen. Er grub mit einer Schaufel in der Erde.

„Er brauchte das Schaf, um die Baobab-Sprösslinge abzufressen“, erklärte der alte Pilot.

„Baobab?“, fragte das Mädchen.

„Ja, Baobab- oder Affenbrotbäume nennt man sie und sie wollten auf dem Planeten des kleinen Prinzen wachsen. Es waren sehr gefräßige Bäume. Jeden Tag mühte er sich von Neuem damit ab, die Sprösslinge mit seiner Schaufel auszugraben. Denn wenn man sie einfach wachsen lässt, werden sie mit ihren Wurzeln größer und größer und überwuchern den gesamten Planeten. Vor dieser Katastrophe hatte der kleine Prinz Angst“, erzählte der alte Mann.

Das kleine Mädchen setzte sich hin, nahm den Fuchs auf seinen Schoß, schloss die Augen und hörte dem Piloten zu, der mit sanfter Stimme die Geschichte des kleinen Prinzen weitererzählte …

# Die Rose

Glücklicherweise gibt es auch gute Samen. Eines Tages wehte der Wind ein Samenkörnchen auf den Planeten des kleinen Prinzen. Niemand weiß, woher das Samenkorn kam, doch es schlug Wurzeln und schon bald lugte eine grüne Spitze aus dem Boden. Der kleine Prinz entdeckte sie und wollte sie mit seiner Schaufel ausgraben. Doch dann bemerkte er, dass dieser Sprössling anders aussah als die der Baobabs. Er kniete nieder und untersuchte ihn. Er war so gespannt darauf, was aus dem Sprössling wohl werden würde, dass er ihn Tag und Nacht beim Wachsen beobachtete. Ein grüner Stängel streckte sich in die Höhe und eines Nachts entwuchs dem Stängel eine zarte Blütenknospe. Fasziniert starrte der kleine Prinz die Knospe an und flüsterte: „Ich weiß, dass du wundervoll werden wirst. Ich weiß es!“

Als die Sonne aufging und ihr Licht über den Planeten des kleinen Prinzen schickte, entfaltete die Blume ihre Knospe Blatt für Blatt. Ganz langsam und behutsam öffnete die Blume ihre atemberaubend schöne Blüte. Mit offenem Mund bewunderte der kleine Prinz sie, fast als wäre er hypnotisiert von ihrer Schönheit. Aus dem Sprössling war eine bezaubernde Rose gewachsen.

„Wie wundervoll du bist!“, rief der kleine Prinz.

„Ach, ich bin noch gar nicht richtig wach. Verzeih mir. Ich bin ganz zerzaust“, sagte die Rose geschmeichelt.

Der kleine Prinz sah die Rose zärtlich an und schaute dann zur aufgehenden Sonne.

„Du bist perfekt“, wisperte der kleine Prinz.

„Ja, das bin ich wohl. Ich wurde im gleichen Augenblick wie die Sonne geboren“, stellte die Rose stolz fest.

Der kleine Prinz setzte sich neben die Rose, lehnte sich vorsichtig an sie und atmete ihren betörenden Duft ein. Die Sonne sandte schimmernde Strahlen auf die beiden. Der kleine Prinz blickte die Rose an und die Rose blickte den kleinen Prinzen an. Dann blickten sie hoch zur aufgehenden Sonne und erlebten ihren ersten gemeinsamen Sonnenaufgang.

Danach stand der kleine Prinz auf, ging ein paar Schritte auf die andere Seite der Rose und die beiden erlebten ihren ersten gemeinsamen Sonnenuntergang. Als die Nacht kam, wurde es kälter. „Ich habe panische Angst vor Zugluft“, gestand die Rose dem kleinen Prinzen.

„Angst vor Zugluft“, wiederholte der kleine Prinz verblüfft. Er verstand die Rose nicht, aber als es noch dunk-

Die strenge Jury der Akademie

Ein neues Zuhause mit schrägen Nachbarn

Der Kleine Prinz

Der Lebens-Plan

Lernen, lernen, lernen

Die Geschichte des kleinen Prinzen beginnt ...

... und der Pilot erzählt!

Heimlich besucht das Mädchen den Piloten ...

... und liest seine Geschichte.

In ihm findet sie einen Freund ...

... und entdeckt so manches Wunder.

Als die Geschichte nicht gut endet ...

... will das Mädchen den kleinen Prinzen finden.

Ob der Hausmeister der Richtige ist?

Herrn Prinz fällt wieder ein, wie es ist, ein Kind zu sein.

Die Zugvögel bringen das Mädchen nach Hause.

Freunde für immer

ler wurde, nahm er eine Glasglocke und stülpte sie behutsam über die Rose zum Schutz vor dem Wind und der Kälte der Nacht.

Obwohl sich der kleine Prinz sehnlichst einen Freund gewünscht hatte und die Liebe zwischen ihm und der Rose wundervoll und magisch war, kann Liebe sehr empfindsam sein. Und so passiert es manchmal, dass sie kompliziert wird. Und die Rose war eine sehr komplizierte Blume. Der kleine Prinz und die Rose hatten einander gern, doch sie waren noch zu jung, um zu wissen, wie man liebt. Mit jedem neuen Tag entfernten sie sich weiter voneinander. Der kleine Prinz saß am einen Ende seines Planeten und die Rose stand unter ihrer Glaskugel auf der anderen Seite des Planeten. Beide waren voller Sehnsucht, aber auch voller Zweifel, ob der andere ihn wirklich liebte. So beschloss der kleine Prinz schweren Herzens, die Rose zu verlassen. Er wusste, dass er damit auch seinen Planeten verlassen musste. Als eines Tages ein Schwarm Zugvögel über ihn hinwegflatterte, warf der kleine Prinz ihnen kurz entschlossen Seile entgegen und schwang sich daran hoch. Immer höher zogen ihn die Vögel. Der kleine Prinz warf einen Blick zurück – und sah die Rose ganz allein auf dem Planeten. Geschützt zwar vor Zugluft und Kälte, nicht aber vor der Traurigkeit, die sie überkam, als der kleine Prinz sie verließ.

„Natürlich habe ich dich lieb, wenn du es nicht gespürt hast, ist es meine Schuld. Bitte vergib mir“, flüsterte die Rose und verlor eine Träne in Form eines Blütenblatts. Niedergeschlagen ließ sie ihre Blüte hängen.

Als der kleine Prinz das sah, bereute er seine Entscheidung bitterlich. Doch der Vogelschwarm trug ihn fort auf eine Reise, die ihn quer durch das unendliche Universum hin zu fremden Planeten bringen sollte …

An dieser Stelle hörte der alte Mann auf zu erzählen und das Mädchen schlug die Augen auf. Neben ihm saß der Fuchs, gegenüber der alte Mann und sie alle drei waren von der Dunkelheit umhüllt.

„Er ist fortgegangen? Aber wie konnte er das nur tun?“, fragte das Mädchen.

„Nun.“ Der alte Mann lächelte weise. „Der kleine Prinz wusste es damals noch nicht, aber sein Weggehen war nur der erste Schritt einer langen Reise zurück zu seiner Rose.“

„Wirklich?“, fragte das Mädchen hoffnungsvoll. „Wird er zu ihr zurückkehren?“

„Nun ja“, antwortete der alte Pilot und hielt ihr ein Fernglas hin. „Schau mal, die Sterne sind draußen.“

Das kleine Mädchen sah hindurch. „Wie hell sie leuchten!“, rief es verzückt. Es blickte den alten Mann an und die Augen des Mädchens funkelten vor Begeisterung mit den Sternen um die Wette.

„Es gibt so viele Sterne zu betrachten. Solange ich sie habe, bin ich nicht allein. An einem guten Tag, wenn ich ganz aufmerksam lausche, kann ich ihn da oben sogar lachen hören.“ Der alte Mann schloss die Augen und horchte. Dann gluckste er fröhlich.

Das kleine Mädchen wollte ihm dazu gern eine Frage stellen, da es nicht glauben konnte, dass er wirklich den kleinen Prinzen bis zur Erde lachen hören konnte, doch es traute sich nicht. Der alte Mann sah so zufrieden aus auf seinem Dach unter seinen Sternen. Das Mädchen staunte darüber, wie ein Erwachsener sich so benehmen konnte. Gerade wollte es auch die Augen schließen und horchen, als ein Piepsen erklang.

Das Mädchen stellte erschrocken den Alarm seiner Uhr ab und sprang auf. „Oh nein, ich muss gehen!“, rief es, schnappte sich den Fuchs und sprang in den Aufzug. Der alte Mann gab dem Mädchen noch seine Zeichnungen mit und ließ es dann vorsichtig zu Boden. Dort krabbelte es schnell durch die Büsche und das Loch im Zaun in seinen Garten. Dann rannte es fröhlich ins Haus und blieb abrupt stehen, als es die Münzen auf dem Küchentisch verstreut sah und die unerledigten Aufgaben auf dem Lebens-Plan.

„Liebling, wo bist du?“, hörte es die Mutter besorgt rufen.

Schnell lief das Mädchen in sein Zimmer, wo seine Mutter beunruhigt den Schreibtisch aufräumte.

„Oh, hallo“, sagte das Mädchen kleinlaut.

„Auf deinem Schreibtisch herrscht Chaos, hast du deine Aufgaben für heute beendet?“, fragte die Mutter streng.

„Nicht so richtig“, gab das kleine Mädchen zu.

„Was hast du denn dann gemacht?“, fragte die Mutter.

„I…I…Ich habe viel gelesen und einen Freund gefunden“, stotterte das Mädchen.

„Einen Freund?“ Verblüfft sah die Mutter vom Schreibtisch auf. Dann zog sie das Mädchen an der Hand in die Küche vor den Lebens-Plan. Sie murmelte vor sich hin und blätterte durch die Kalender und Stundenpläne: „Nein, nein, nein, nee, hm, da vielleicht, nein doch nicht, oder da … ja, vielleicht da!“ Die Mutter zeichnete ein Mädchen auf einen Magneten und erklärte: „Wenn du hart arbeitest und dich absolut an den Plan hältst, dann kannst du nächsten Sommer am Donnerstag von 13 bis 13:30 Uhr Zeit mit deinem neuen Freund verbringen. Klingt das gut?“ Dann setzte sie den Magneten an die betreffende Stelle auf dem Lebens-Plan.

Die Tochter blickte ihre Mutter an und sagte kein

Wort. Stumm ging sie nach oben und machte sich bettfertig. Später zog sich das Mädchen ein Stirnband mit einem kleinen Licht daran an, legte sich aufs Bett und verteilte die neuen Zeichnungen des Piloten vor sich. Auch der kleine Fuchs saß dort vor den Papieren und sah zu, wie das Mädchen sich für eine Zeichnung entschied. Darauf war der kleine Prinz zu sehen, wie er von dem Schwarm Zugvögel durch das Universum getragen wurde.

Plötzlich hörte das Mädchen Schritte im Flur, knipste schnell das Licht aus und stellte sich schlafend. Die Mutter öffnete die Tür einen Spalt und sah ins Zimmer hinein. Die elektrische Zahnbürste summte in ihrer Hand. Die Mutter betrachtete kurz ihre schlafende Tochter, dann schloss sie die Tür wieder und ging zurück ins Badezimmer. Erleichtert seufzte das Mädchen auf und knipste das Licht wieder an. „Der kleine Prinz befand sich in der Nähe der Asteroiden 325, 326, 327, 328, 329 und 330 …“, las das Mädchen laut.

# Die Reise des kleinen Prinzen

Der erste Planet, den der kleine Prinz auf seiner Reise durch das Universum besuchte, war ein sehr kleiner Planet. Darauf stand ein Thron, auf dem ein mächtiger König saß. Er trug eine juwelenbesetzte Krone, einen langen pupurnen Mantel mit vielen gestickten Sternen. Als der König den kleinen Prinzen entdeckte, freute er sich und rief: „Ah, ein Untertan. Komm näher!“

Der kleine Prinz gehorchte dem König und ging näher an ihn heran. „Worüber herrschst du denn?“, fragte er den König, denn der kleine Prinz konnte weit und breit keine Untertanen entdecken.

„Über alles“, meinte der König, holte mit seinem Arm weit aus und zeigte auf das gesamte Universum um seinen Planeten herum.

„Und die Sterne gehorchen dir?“, fragte der kleine Prinz zweifelnd.

„Natürlich tun sie das, ich dulde keinen Ungehorsam“, sagte der König würdevoll.

„Ich würde sehr gern einen Sonnenuntergang sehen,

denn das würde mich an meine Rose erinnern. Kannst du der Sonne befehlen unterzugehen?", bat der kleine Prinz.

„Hehem." Der König räusperte sich. „Du sollst deinen Sonnenuntergang bekommen. Ich werde es befehlen. Aber ich muss warten, bis die Bedingungen dafür günstig sind."

„Wann wird das sein?", fragte der kleine Prinz verwirrt.

„Hehem." Erneut räusperte sich der König. „Nun, das wird gegen, tja, also heute Abend gegen zwanzig vor acht der Fall sein."

Weil der kleine Prinz aber nicht so lange warten wollte, bat er den König, ihm zu befehlen abzureisen. Das tat der König mit all seiner königlichen Würde und so reiste der kleine Prinz zum nächstgelegenen Planeten.

Dort stand ein eingebildeter Mann in einem Anzug mit einem riesigen Hut auf dem Kopf.

„Guten Morgen, Sie tragen aber einen lustigen Hut!", grüßte der kleine Prinz.

„Der Hut ist zum Grüßen da. Wenn die Menschen mir applaudieren, hebe ich ihn hoch. Klatsch in die Hände!", bat der eingebildete Mann.

Der kleine Prinz klatschte in die Hände. Sofort hob der eingebildete Mann seinen Hut an zum Gruß und lachte erfreut.

„Bewunderst du mich auch wirklich sehr?“, fragte der eingebildete Mann. „Bin ich nicht der schönste, bestangezogene, reichste und intelligenteste Mensch dieses Planeten?“

„Aber du bist ja auch der einzige Mensch auf diesem Planeten!“, entgegnete der kleine Prinz.

„Tu mir einen Gefallen. Bewundere mich, bitte!“, sagte der eingebildete Mann.

Doch der kleine Prinz hatte dazu keine Lust, außerdem verwirrte ihn der eingebildete Mann. So flog er mit den Zugvögeln weiter und landete auf einem Planeten, auf dem ein Geschäftsmann an einem Tisch saß. Er war sehr dick, trug einen grauen Anzug und sah sehr finster aus. Auf einem Blatt Papier rechnete er etwas und murmelte dazu unaufhörlich Zahlen vor sich hin. Der kleine Prinz unterbrach ihn dabei und fragte, was er denn da zähle.

„Ich besitze die Sterne. Ich verwalte und zähle sie, dann zähle ich sie erneut“, erklärte der Geschäftsmann.

„Aber was bringt dir das denn?“, fragte der kleine Prinz verblüfft.

„Hm, du stellst interessante Fragen … nun, es bringt mir, dass es mich reich macht. Wie findest du das?“, fragte der Geschäftsmann.

„Und was bringt es dir, reich zu sein?“, hakte der kleine Prinz nach.

„Nun, es bringt mir, dass ich mir noch mehr Sterne kaufen kann. Und alles, was du dir vorstellen kannst“, meinte der Geschäftsmann.

Der kleine Prinz reiste verwirrt mit den Zugvögeln weiter. „Erwachsene sind wirklich sehr, sehr seltsam“, bemerkte er.

# Die Schlange

Am nächsten Morgen erwachte das kleine Mädchen in seinem Bett. Um es herum lagen die Zeichnungen von den Erwachsenen auf den Planeten, die der kleine Prinz besucht hatte. Zum ersten Mal in seinem Leben betrachtete das Mädchen seine Mutter mit anderen Augen. Die Mutter war erwachsen. Und auch wenn das Mädchen alles dafür tat, erwachsen zu werden, so war es doch selbst noch ein Kind. Wie der kleine Prinz ein Kind war. Ein kleiner Junge.

Das kleine Mädchen setzte sich an den Frühstückstisch, während die Mutter schon in der Küche vor dem Lebens-Plan stand und hektisch die Magnete umsortierte. „Abgehakt, abgehakt, auch erledigt, erledigt, erledigt und abgehakt“, murmelte die Mutter.

Das Mädchen betrachtete die Mutter, wie sie vor dem Lebens-Plan auf und ab lief, die Magneten umsetzte und durch Kalender blätterte.

„Erwachsene sind wirklich sehr, sehr seltsam“, dachte das kleine Mädchen und sehnte sich danach, dass seine

Mutter zur Arbeit ging und es den alten Piloten wieder treffen konnte. Der war zwar auch erwachsen, aber ganz anders als die anderen Erwachsenen. Nicht so ernst …

Als das kleine Mädchen bei dem alten Nachbarn klingelte, sah er sofort, dass das Mädchen ein schlechtes Gewissen hatte, weil es nicht lernte. Als er es fragte, was heute auf dem Plan stand, antwortete es: „Biologie."

„Dann holen wir eine Lupe und beschäftigen uns mit Biologie", beschloss der alte Pilot.

Mit der Lupe legten sich die beiden zunächst unter die Büsche und untersuchten die Blattadern. Anschließend versuchten sie, die Laufwege der Ameisen zu bestimmen, und beobachteten dabei eine Schnecke, die im Gegensatz zu den fleißigen Ameisen scheinbar keinen Zentimeter von der Stelle kam.

„Du weißt schon, was die Leute über dich reden, oder?", fragte das kleine Mädchen unvermittelt.

Der alte Mann nahm die Lupe und hielt sie vor sein Auge, das dadurch so groß aussah wie ein Tischtennisball, mit einem schwarzen Punkt in der Mitte. Das Mädchen kicherte.

Der alte Mann blieb ernst und sagte: „Ich habe sehr viel unter den Erwachsenen gelebt. Ich habe sie sehr genau untersucht, ganz aus der Nähe. Aber das hat meine Meinung über sie nicht geändert."

„Also, ich bin mir nicht mehr so sicher, ob ich überhaupt erwachsen werden möchte“, meinte das kleine Mädchen.

„Erwachsenwerden ist nicht das Problem. Es ist das Vergessen. Ich bin erwachsen geworden und hatte vergessen, wie es war, ein Kind zu sein, bis ich den kleinen Prinzen traf. Ihn werde ich nie vergessen. Ich hoffe, er hat mich auch nicht vergessen“, sagte der alte Pilot leise.

„Dich kann man gar nicht vergessen“, sagte das Mädchen und lächelte den alten Mann an. Er lachte auf und grinste zurück.

Später am Tag ließen der alte Mann und das Mädchen den Drachen steigen. Hoch am strahlend blauen Himmel schwebte er hin und her, glitt mal nach unten und flog dann wieder hoch bis fast zu den Wolken. Plötzlich ging ein Ruck durch die Leine und sie sahen, dass sich der Drachen in dem Wipfel eines hohen Baumes verheddert hatte. Dabei scheuchte er einige Vögel auf, die sich flatternd in alle Richtungen zerstreuten. Der alte Mann sah ihnen lange nach.

„Erzähl mir mehr von dem kleinen Prinzen“, bat das kleine Mädchen, setzte sich an einen kleinen Tisch und schloss die Augen. Der alte Mann setzte sich daneben und erzählte.

Auf seiner Reise durch das Universum gelangte der kleine Prinz schließlich auf die Erde. Mitten in der Wüste Sahara setzten ihn die Vögel ab. Der kleine Prinz sah sich verwundert um. Man hatte ihm gesagt, auf der Erde lebten Milliarden von Menschen, darunter sehr, sehr viele Erwachsene. Doch hier war niemand. Der kleine Prinz stellte sich auf eine Sanddüne und schaute in alle Richtungen. Nichts. Niemand da. Ob ihn die Vögel falsch abgesetzt hatten? Plötzlich sah er einen langen Blitz im Sand, der so hell leuchtete wie der Mond. Deshalb begrüßte er den Blitz mit: „Guten Abend."

„Guten Abend", grüßte der Blitz zurück. Doch jetzt, wo er still hielt, konnte der kleine Prinz erkennen, dass es eine Schlange war, die ihm den Kopf entgegenstreckte.

„Auf welchem Planeten sind wir hier?", fragte der kleine Prinz.

„Wir sind auf der Erde. In Afrika", antwortete die Schlange.

„Aber wo sind denn all die Menschen? Es ist ein wenig einsam hier in der Wüste", fand der kleine Prinz.

„Oh, unter den Menschen ist es genauso einsam", meinte die Schlange.

Der kleine Prinz setzte sich auf einen Stein. „Du bist ein lustiges Tier. Du bist nicht dicker als ein Finger", sagte er.

„Aber ich bin so mächtig wie der Finger eines Königs", behauptete die Schlange.

„Du hast keine Füße, du kannst nicht einmal verreisen", stellte der kleine Prinz fest.

Die Schlange wand sich um die Knöchel des kleinen Prinzen, schnellte dann an ihm hoch wie ein blauer Blitz und umwickelte seinen Brustkörper.

„Ich kann dich weiter von hier fortbringen, als es ein Schiff könnte", zischte die Schlange.

Der kleine Prinz blickte sehnsüchtig in den Himmel. Er vermisste seinen Heimatplaneten. Er vermisste seine Rose.

Die Schlange war schlau und erkannte den Kummer des kleinen Prinzen. „Ich kann dir eines Tages helfen, wenn dein Heimweh zu stark wird", versprach sie, zeigte ihre Giftzähne und näherte sich drohend dem Gesicht des kleinen Prinzen.

„Oh, ich denke, ich habe dich verstanden", sagte der kleine Prinz.

An dieser Stelle endete der alte Mann und sah das kleine Mädchen prüfend an. Es saß mit geschlossenen Augen da und schien in Gedanken weit, weit weg zu sein. Vermutlich überlegte es, was die Schlange damit gemeint hatte, den kleinen Prinzen weit fortbringen zu können.

Doch dann schlug das Mädchen die Augen auf und zeigte auf den Baum mit dem Drachen, dessen Schnur wie eine Schlange hinunterhing. „Und wie bekommen wir jetzt den Drachen wieder?“, fragte es.

Der alte Mann schmunzelte und zeigte auf das Mädchen.

„Oh, nein, ich habe Angst!“, rief das Mädchen. Doch der alte Pilot weigerte sich, auf den Baum zu klettern. Das Mädchen dachte an seinen Sturz unter das Sofa und gab nach. Vorsichtig kletterte es auf den Baum.

„Klettere über die Äste da links“, schlug der alte Mann vor.

„Ich habe Angst“, wiederholte das Mädchen.

„Das ist normal. Es ist unheimlich. Was meinst du, warum ich nicht hochgeklettert bin?“, fragte der alte Mann.

Das kleine Mädchen grinste und kletterte tapfer weiter.

„Ja, du hast ihn gleich, streck dich ein wenig, los, zieh ihn zu dir!“, rief der Pilot.

„Ich hab ihn!“, freute sich das Mädchen schließlich.

„Juhu, du hast ihn!“, jubelte der alte Mann.

Doch dann verlor das Mädchen den Halt und mit einem Krachen fiel es den Baum hinunter. Hin und wieder erwischte es im Flug einen Ast und konnte sich kurz abfangen, aber es rutschte unaufhörlich der Wiese entgegen.

„AAAAAHHHHH!“, schrie es panisch und fiel weiter.

Der alte Mann versuchte, es aufzufangen, doch er verfehlte es und das Mädchen landete mit den Füßen voran im Gras und plumpste dann hart auf den Po. Es war ganz blass, blinzelte heftig und atmete erschrocken ein und aus.

Der alte Mann zog das Mädchen vorsichtig auf die Beine und umarmte es. „Das war doppelt unheimlich, oder?“, flüsterte er und untersuchte die Hände des Mädchens. Sie waren überall aufgeschürft.

„Doppelt und dreifach unheimlich“, bemerkte das Mädchen.

„Ich fürchte, wir müssen die Hände amputieren“, meinte der alte Mann.

„WAS?“, schrie das Mädchen entsetzt.

Der alte Pilot kicherte und zwinkerte dem Mädchen zu. „Hast du es schon vergessen? Ich bin nicht so ernst wie die anderen Erwachsenen.“

Dann holte er einen kleinen Erste-Hilfe-Koffer und nahm daraus Watte und Jod. Sanft reinigte er die Hände des Mädchens. Der kleine Fuchs saß neben dem Mädchen, das den ersten Schreck schon verdaut hatte.

„Jetzt geht’s dir schon besser, nicht wahr?“, fragte der alte Mann.

Das Mädchen nickte. „Ja.“

Der alte Pilot lächelte und pustete auf die Hände des Mädchens, damit es nicht mehr wehtat.

Er streichelte über den Kopf des Mädchens und dann über den des Stofffuchses. „Möchtest du, dass ich dir von dem Fuchs und dem kleinen Prinzen erzähle?", fragte er.

Das Mädchen nickte erneut, kuschelte sich an den Fuchs und schloss die Augen.

# Der Fuchs

Der kleine Prinz war eine lange Zeit über Sand, Steine und Schnee gewandert und hatte sich gerade eine Weile im Gras ausgeruht, als ein Fuchs aus seinem Bau herauskam.

Als er den Prinzen sah, versteckte sich der Fuchs erschrocken hinter einem Baum.

„He, komm doch her und spiel mit mir!", rief der kleine Prinz.

„Ich kann nicht mit dir spielen, ich bin nicht gezähmt", antwortete der Fuchs.

„Was heißt das?", fragte der kleine Prinz.

„Zähmen bedeutet, dass man eine Bindung aufbaut", erklärte der Fuchs.

Der kleine Prinz sah ihn verständnislos an.

„Für mich bist du nicht mehr als ein kleiner Junge wie Hunderte und Tausende andere kleine Jungen auch. Und ich brauche dich nicht. Und du brauchst mich nicht. Denn ich bin für dich nicht mehr als ein Fuchs wie Hunderte und Tausende andere Füchse auch. Aber wenn du mich zähmst, dann brauchen wir einander“, meinte der Fuchs.

Der kleine Prinz lächelte.

Die nächsten Wochen verbrachte er damit, den Fuchs zu zähmen. Er besuchte ihn jeden Tag um die gleiche Zeit und durfte immer näher an ihn heran. Bald ließ sich der Fuchs streicheln und stupste den kleinen Prinzen mit der Schnauze an, um ihm zu zeigen, dass er mit ihm spielen wollte. Dann rannten die beiden durch Weizenfelder, bis sie nicht mehr konnten. Sie gewöhnten sich aneinander und freuten sich schon morgens beim Aufwachen darauf, den anderen zu sehen. Eines Tages spürten sie, dass sie Freunde geworden waren. Als sie abends nebeneinander im Weizenfeld saßen und in den Himmel voller Sterne schauten, legte der Fuchs seinen Schwanz um den kleinen Prinzen, als wolle er ihn umarmen. „Für mich bist du jetzt einzigartig auf der Welt. Und für dich bin ich jetzt einzigartig auf der Welt“, sagte der Fuchs.

Der kleine Prinz lehnte sich an das weiche Fell des Fuchses und war glücklich.

Der alte Mann endete und das kleine Mädchen schlug die Augen auf. Es lehnte ebenfalls an dem weichen Fell des Fuchses und lächelte.

Die nächsten Tage und Wochen war das kleine Mädchen zum ersten Mal in seinem Leben einfach nur fröhlich. Es kümmerte sich nicht mehr groß um den Lebens-Plan. Bevor die Mutter abends nach Hause kam, sortierte das Mädchen die Magneten auf dem Lebens-Plan um oder hakte die Aufgaben ab, sodass die Mutter dachte, das Mädchen hätte den ganzen Tag gelernt. Die Mutter ahnte nicht, dass ihre Tochter die Sommerferien bei dem alten Piloten nebenan verbrachte.

Die beiden saßen auf Bäumen und lasen, oder sie spielten in dem alten Flugzeug. Das Mädchen setzte sich die Fliegermütze des alten Mannes auf, er band ihm seinen weißen Schal um und das Mädchen tat so, als würde es hoch über den Wolken fliegen. Höher noch als die Vögel, die im Garten sangen.

Eines Abends malten sie auf ein weißes Poster Tausende von Sternen in Leuchtfarben. Dann klebten sie noch viele, viele Stern-Sticker dazu. Als es ganz dunkel war, hängte das Mädchen das Poster über sein Bett, löschte das Licht und legte sich hin. Über dem Mädchen funkelten die Leuchtsterne fast wie in echt. Das Mädchen schloss die Augen und meinte sogar, ein Lachen zu hören.

„Für mich bist du jetzt einzigartig auf der Welt. Und für dich bin ich jetzt einzigartig auf der Welt“, flüsterte das Mädchen. Es kuschelte sich an den kleinen Fuchs und war glücklich.

Der alte Mann und das Mädchen waren Freunde geworden, so wie der kleine Prinz und der Fuchs Freunde geworden waren.

# Der Abschied

Doch auch Freunde müssen manchmal Abschied voneinander nehmen, erzählte am nächsten Morgen der alte Mann. Eines Tages rannte der Fuchs über das Weizenfeld und der kleine Prinz hinterher. Kreuz und quer liefen sie über das Feld, dann über weitere Felder und Wiesen, bis sie schließlich in einen Rosengarten gelangten. Es war ein Garten voller riesiger roter Rosen. Sie waren von Menschenhand gezüchtet und sahen alle gleich aus. Es war ein Meer voller gewaltiger roter Blüten.

Mit offenem Mund starrte der kleine Prinz die Rosen an. „Wer seid ihr?“, fragte er sie.

„Wir sind Rosen“, antworteten die Rosen.

Der kleine Prinz starrte die Rosen an. Links, rechts, oben und unten sah er nichts als Rosen, Rosen, Rosen. Traurig überrascht stolperte der kleine Prinz rückwärts aus dem Rosengarten. „Meine Rose ist bloß eine gewöhnliche Rose? Es gibt Hunderte und Tausende von ihr?“, fragte er den Fuchs entsetzt. „Meine Rose hat behauptet, sie sei die einzige ihrer Art im gesamten Universum!“

Der Fuchs sah den kleinen Prinzen ruhig an. „Aber sie ist keine gewöhnliche Rose. Sie ist *deine* Rose. Es ist die Zeit, die du ihr gewidmet hast, die deine Rose so außergewöhnlich macht“, erklärte er.

Der kleine Prinz dachte nach. „Sie ist *meine* Rose“, wiederholte er und kniete nieder, um den Fuchs zu streicheln.

„Du musst zu ihr zurückkehren“, sagte der Fuchs mit Tränen in den Augen.

„Oh nein. Wirst du weinen? Es hat dir überhaupt nicht gutgetan, von mir gezähmt zu werden!“, rief der kleine Prinz besorgt.

Der Fuchs stupste den kleinen Prinzen mit der Schnauze an. „Lass mich dir zum Abschied ein Geschenk machen“, sagte er.

Der kleine Prinz lächelte erwartungsvoll, als der Fuchs ihm etwas ins Ohr flüsterte: „Man sieht nur mit dem Herzen gut. Das Wesentliche ist für die Augen unsichtbar.“

Als der alte Mann aufhörte zu erzählen, schlug das Mädchen zum ersten Mal nicht gleich die Augen auf. Es versuchte, ganz tief in sein Inneres bis zu seinem Herzen hin zu sehen. Doch das Mädchen begriff, dass es dort nichts sah, sondern fühlte. Es fühlte die Freude, die ihm die

Freundschaft zu dem alten Mann brachte. Es spürte die Trauer über den Abschied zwischen dem kleinen Prinzen und seinem Freund, dem Fuchs. Es fühlte, dass auch der kleine Prinz und der Fuchs seine Freunde geworden waren. Ein Klicken ließ das Mädchen die Augen öffnen. Der alte Mann ließ ein kleines Spielzeugflugzeug kreisen.

„Sie werden nicht mehr zusammen sein“, sagte das Mädchen.

„Oh doch!“, rief der alte Mann. „Der Fuchs sieht den kleinen Prinzen mit seinem Herzen.“

Zweifelnd sah das kleine Mädchen den alten Mann an, der für einen Moment müde und gebrechlich wirkte. Er setzte sich zu dem Mädchen und sagte eindringlich: „Wenn du das kannst, wirst du nie wieder einsam sein.“

„Stimmt“, sagte das Mädchen. „Aber ich bin nicht einsam. Ich habe doch jetzt dich!“

Der alte Mann nickte mit Tränen in den Augen und suchte nach Worten: „Oh, also, ich … ich bin sehr glücklich. Ich dachte, ich würde nie jemanden finden, der meine Geschichte hören wollte. Und dann kamst du. Gerade noch rechtzeitig.“

„Warte mal!“, rief das Mädchen. „Was meinst du denn mit ‚gerade noch rechtzeitig‘?“

„Hm, nun. Ich bin alt, weißt du. Jeder muss früher oder später *Auf Wiedersehen* sagen“, sagte der alte Mann.

Das kleine Mädchen wurde blass. „Gehst du weg?“, fragte es.

Der alte Mann kratzte sich am Bart. „Na ja. Was ist … was ist, wenn ich dieses alte Flugzeug doch zum Laufen bringe, und was ist … was ist, wenn es Zeit für mich ist … na ja, zu gehen, um bei dem kleinen Prinzen zu sein?“

Das kleine Mädchen schüttelte den Kopf. „Aber … aber er hat schon seine Rose … und ich … ich brauche dich hier!“

Unglücklich schaute das kleine Mädchen den alten Mann an, dem es furchtbar leidtat. „Ähm, hast du Hunger?“, fragte er deshalb. „Ich weiß ein tolles Café, wo man an seinem Geburtstag umsonst Kuchen bekommt.“

„Mein Geburtstag ist erst in zwei Wochen“, sagte das Mädchen.

Der alte Mann schmunzelte. „Das wissen die doch nicht.“

Fünf Minuten später saßen das kleine Mädchen und der alte Mann in einem uralten klapprigen Auto, das im Vorgarten des alten Mannes parkte. Es war außen und innen bewachsen mit Gräsern und Blumen. Immerhin sprang es mit keuchendem Motor an. Eine schwarze Rußwolke quoll aus dem Auspuff und das Getriebe schleifte, als der alte Mann das Auto rückwärts auf die Straße lenkte. Das kleine Mädchen saß auf dem Beifahrersitz und warf dem alten Mann einen besorgten Blick zu.

„Es ist wie ein Flugzeug zu fliegen“, beruhigte der alte Mann das Mädchen.

„Wie das Flugzeug, mit dem du abgestürzt bist?“, fragte das Mädchen und grinste schief.

„Genau!“, freute sich der alte Mann, legte den ersten Gang ein und fuhr los. Das Auto machte einen Satz, schlingerte ein wenig und fuhr dann sanft wippend wie ein Boot auf den Wellen an den weißen Häusern vorbei. Der alte Mann lachte und schaltete das Radio ein. Urlaubsmusik erklang und auf einmal schwirrte ein kleiner blauer Schmetterling durch das Auto und setzte sich auf den Schalthebel. Der alte Mann und das Mädchen lächelten sich an und genossen die Fahrt.

Sie bemerkten das Polizeiauto nicht, das am Straßenrand parkte und in dem der Polizist einen Bericht zu einem Unfall aufschrieb. Der Polizist sah das alte moosbewachsene Auto an sich vorbeirumpeln. Dann beobachtete er, wie der alte Mann am Steuer einfach über ein Stoppschild fuhr. Schnell startete der Polizist seinen Wagen und fuhr hinter den Rauchschwaden her, die der Auspuff der alten Karre ausstieß. Der Polizist schaltete das Blaulicht ein. Erst jetzt bemerkten der alte Mann und das kleine Mädchen, dass etwas nicht stimmte. Der alte Mann blickte in den Rückspiegel, der aber so verdreckt war, dass er ihn erst einmal abwischen musste. Doch auch danach konnte er kaum etwas erkennen, da die Heckscheibe völlig zugewachsen war.

„Fahren Sie an die Seite", hörten der alte Mann und das Mädchen eine Lautsprecheransage.

Der alte Mann fuhr rechts ran und rammte dabei eine Mülltonne, die sofort umkippte. Der ganze Müll kullerte über die Windschutzscheibe. Der alte Mann zog die Handbremse. „Hast du einen Führerschein?", fragte er.

„Nein." Das Mädchen schüttelte den Kopf.

Der Polizist klopfte an das Fahrerfenster.

„Vielleicht einen Schülerausweis?"

„Nein", sagte das Mädchen.

„Wie alt bist du?", fragte der alte Mann.

Der Polizist bedeutete, das Fenster hinunterzulassen, was der alte Mann auch tat und freundlich lächelte. „Einen wunderschönen guten Tag, Herr Polizist!"

„Haben Sie schon wieder versucht, ihr Auto zu starten?", fragte der Polizist streng.

Beschämt nickte der alte Mann.

„Guten Tag, Herr Polizist, wenn ich Sie kurz unterbrechen dürfte?", fragte das kleine Mädchen und lehnte sich über den alten Mann. „Wussten Sie, dass ich heute Geburtstag habe?"

Doch wie alle Erwachsenen, oder wie die meisten Erwachsenen, verstand der Polizist keinen Spaß. Und so endete die Fahrt zum Café, noch bevor sie richtig begonnen hatte. Der Polizist nahm das kleine Mädchen in seinem Wagen mit zurück und sie warteten vor dem Haus auf die Mutter. Den Stofffuchs und den Stapel Papier mit den Zeichnungen des alten Mannes hatte der Polizist auf die Motorhaube seines Autos gelegt. Das kleine Mädchen stand nervös neben dem Polizisten, als die Mutter mit quietschenden Reifen in die Auffahrt fuhr. Die Mutter bremste scharf, stellte den Motor ab und sprang aus ihrem Auto.

„Mama, ich kann ...“, fing das kleine Mädchen an, doch die Mutter verengte ihre Augen zu Schlitzen und zischte: „Warte drinnen auf mich!“

„Aber ...“, versuchte es das kleine Mädchen erneut.

„Sofort!“, presste die Mutter wütend hervor.

Mit hängenden Schultern ging das Mädchen zur Tür und verschwand im Haus. Dort schlich es sich sofort zum Fenster und spähte hinaus. Der Polizist und die Mutter sprachen lange und ernst und zeigten immer wieder auf das Nachbarhaus. Entsetzt beobachtete das Mädchen, wie der Polizist mit seiner Mutter zum Haus des alten Mannes lief.

„Oh nein, nein, nein, nein, nein!“, rief das Mädchen.

Doch es durfte ihnen nicht hinterher und so blieb ihm nichts anderes übrig, als zu warten.

Viel später hörte das Mädchen das Polizeiauto abfahren und kurz darauf kam seine Mutter herein. Sie trug den Stofffuchs und den Stapel Papier unter dem Arm. Ohne ein Wort ging die Mutter direkt in die Küche.

„Herr Fuchs!“, rief das Mädchen verzweifelt und folgte der Mutter. Vorsichtig betrat es die Küche und sah seine Mutter vor dem Lebens-Plan stehen. Die Mutter starrte mit gerunzelter Stirn auf die Magnete und hatte die Hände auf die Hüften gestützt. Den Fuchs und den Stapel Papier mit den Zeichnungen hatte sie achtlos auf den Tisch geworfen.

„Also, wenn man den Lebens-Plan liest, dann bist du immer noch im Bett. Schläfst. Seit gestern!“, sagte die Mutter. „Wusstest du, dass dein *Freund* nicht mal einen Führerschein besitzt? Nein, sie haben ihn ihm weggenommen, als er das *vierte* Mal herumfuhr und im Tank noch der Stutzen mit dem Schlauch steckte.“

Das kleine Mädchen musste sich das Lachen verbeißen und erboste seine Mutter dadurch noch mehr.

„Dir hätte sonst etwas passieren können!“, rief diese fassungslos.

„Mama, ich kann es erklären“, begann das Mädchen.

„Nein, du meinst, du kannst lügen. Du hast mich angelogen, du hast den Polizisten angelogen … ach ja, bevor ich es vergesse: Alles Gute zum Geburtstag“, sagte die Mutter ironisch.

Das kleine Mädchen ließ beschämt den Kopf sinken.

„Du hast es sogar geschafft, deinen Lebens-Plan anzulügen!“, sagte die Mutter.

„Ach, das ist doch nur eine Holzkiste voll mit Magneten und Kalendern. Manchmal glaube ich, dir ist dieses Ding wichtiger als ich!“, rief das Mädchen aufgebracht.

„Du irrst dich. Dieses Ding ist mir genauso wichtig wie du. Das bist du. Das ist dein Leben. Und ich bin die Einzige, die dafür verantwortlich ist!“, rief die Mutter.

Das Mädchen schüttelte den Kopf. „Das ist deine Version meines Lebens, aber nicht meine. Wenn du jemals zu Hause wärst, wüsstest du das!“

Die Mutter schluckte und blinzelte ein paar Tränen weg. „Du weißt ganz genau, warum ich so hart arbeiten muss.“

„Du bist schon genau wie Papa. Zu beschäftigt, immer im Büro. Wie lange geht das noch? Bis du ganz verschwunden bist?“, fragte das Mädchen mit tränenerstickter Stimme.

Die Mutter musste sich wegdrehen und auf die Zunge beißen, damit sie nicht mitweinte. Ihr Blick fiel auf eine der Zeichnungen des alten Mannes auf dem Tisch. Es war die Zeichnung, auf der der kleine Prinz mit den Zugvögeln seinen Planeten verlässt.

„So beschloss der kleine Prinz schweren Herzens, die Rose zu verlassen. Er wusste, dass er damit auch seinen Planeten verlassen musste. Als eines Tages ein Schwarm Zugvögel über ihn hinwegflatterte, warf der kleine Prinz ihnen kurz entschlossen ein paar Seile entgegen und schwang sich daran hoch“, las die Mutter und runzelte die Stirn. Dann beugte sie sich über den Tisch, griff den Stapel Papier und zerriss ihn.

„Mama, nein!“, schrie das kleine Mädchen bestürzt.

Doch die Mutter nahm die zerrissenen Zeichnungen und den Stofffuchs, ging zum Mülleimer und warf beides hinein. „Schluss jetzt mit diesem Unsinn. Du hast zwei Wochen, um ernst und erwachsen zu werden“, sagte die Mutter.

„Aber Mama!“, rief das Mädchen und knallte die Türen des Lebens-Plans zu.

# Die Suche nach dem Brunnen

Die nächsten zwei Wochen war wieder alles wie früher für das kleine Mädchen. Es lernte von morgens bis abends an seinem Schreibtisch, nur dass es die Jalousien nicht hochziehen durfte. Morgens stand es Seite an Seite mit der Mutter am Waschbecken und sie putzten die Zähne. Anschließend frühstückten sie, oder das Mädchen frühstückte, während die Mutter hektisch erzählte, was das Mädchen alles erledigen musste und was sie selbst alles zu tun hatte. Das kleine Mädchen nickte und lächelte, doch das Herz war ihm schwer. Es vermisste den alten Mann, den kleinen Stofffuchs und es wollte unbedingt wissen, wie die Geschichte des kleinen Prinzen weiterging.

Am Tag seines neunten Geburtstages fand das kleine Mädchen auf dem Küchentisch das in Geschenkpapier eingewickelte Mikroskop. Daneben standen ein Muffin mit einer Kerze darin und ein Paket. Das Mädchen öffnete das Paket und darin lagen ein Geschenk und eine Karte.

„In Liebe, Papa“, las das Mädchen. In dem Geschenk war eine Schneekugel, in der eine Stadt und ein Flughafen abgebildet waren. Das Mädchen ging in sein Zimmer und stellte die Schneekugel zu den anderen acht in das Regal. Traurig betrachtete es die Schneekugeln und seufzte. Dann setzte es sich an seinen Schreibtisch und lernte, bis es Abend wurde.

Die Mutter brachte Abendessen vom Chinesen mit und beide gingen früh ins Bett, denn die Mutter war müde und schlief schnell ein. Das kleine Mädchen jedoch setzte das Stirnband mit der Lampe daran auf, schlich aus dem Zimmer und aus dem Haus hinaus zu den Mülltonnen. Es öffnete die Tonne für den Restmüll und knipste die Lampe an. Nach kurzer Zeit zog das kleine Mädchen lächelnd den Stofffuchs aus der Tonne. Auch die zerrissenen Zeichnungen des alten Mannes konnte es aus dem Altpapier herausfischen. Wie einen Schatz trug das Mädchen den Fuchs und die Geschichte des kleinen Prinzen ins Haus. Dort wusch es den Fuchs, setzte die zerrissenen Seiten wieder zusammen und las die Geschichte des kleinen Prinzen weiter …

Nachdem der kleine Prinz sich von seinem Freund Fuchs verabschiedet hatte, wanderte er über Wiesen und Felder, Schnee, Steine und schließlich lief er auf Sand – er war wieder in der Wüste. Er wollte zurück zu seiner Rose und hoffte, dass die Schlange ihm helfen konnte. Mitten in der Wüste traf der kleine Prinz dann den Piloten, der neben seinem Flugzeug im Sand lag und schlief. Weil der kleine Prinz nicht mit leeren Händen zu seiner Rose zurückkehren wollte, dachte er, dass er den Piloten um ein Schaf bitten könnte. Das Schaf sollte dann die Sprösslinge der Baobabs fressen und der kleine Prinz müsste weniger Zeit damit verbringen, sie auszugraben. Und er hätte mehr Zeit für seine Rose. So begann die Geschichte zwischen dem Piloten und dem kleinen Prinzen. Sie verbrachten mehrere Tage gemeinsam in der Wüste. Der Pilot malte dem kleinen Prinzen ein Schaf, versuchte, sein Flugzeug zu reparieren, und der kleine Prinz erzählte ihm seine Geschichte. Von seinem Planeten, der kaum größer als ein Haus war. Von den Sonnenuntergängen, den Baobabs und schließlich von der wunderschönen Rose, die er verlassen musste, obwohl er sie so sehr lieb hatte. Und von seiner Reise mit den Zugvögeln zu den Erwachsenen, die allesamt seltsam waren, wie sie da einsam auf ihren Planeten saßen und nur mit sich selbst und ihren komischen Aufgaben beschäftigt waren. Der König regierte über das Universum, das gut ohne ihn funktionierte. Der eingebildete Mann wollte bewundert werden, der Geschäftsmann zählte die Sterne und meinte, sie machten ihn reich. Und er erzählte von dem Fuchs und dem Geschenk, dass der Fuchs dem kleinen Prinzen mitgegeben hatte.

Nach einer Woche war der Pilot fast fertig mit den Reparaturen an seinem Flugzeug. Doch er musste feststellen, dass sein Trinkvorrat zu Ende ging. Er hatte keinen einzigen Tropfen Wasser mehr.

„Lass uns einen Brunnen suchen“, schlug der kleine Prinz vor.

Obwohl der Pilot nicht daran glaubte, einen Brunnen in der Wüste zu finden, gingen die beiden los. Sie zogen durch die Wüste, bis die Sonne unterging und es dunkel wurde. Als die Sterne zu funkeln begannen, setzte sich der kleine Prinz in den Sand und schaute zum Himmel hinauf. Der Pilot setzte sich daneben und gemeinsam bewunderten sie den Sternenhimmel über der Wüste.

„Die Sterne sind wunderschön, wegen einer Blume, die man nicht sehen kann“, sagte der kleine Prinz und legte seinen Kopf auf die Schulter des Piloten.

„Die Wüste ist wunderschön, weil sie irgendwo einen Brunnen versteckt“, sagte der kleine Prinz, schloss seine Augen und schlief ein.

Der Pilot betrachtete seinen kleinen Freund, dessen Stirn im Mondlicht blass schimmerte. Er betrachtete die geschlossenen Lider und die weizenblonden Haare, die der Wüstenwind sanft durchstrich. Der Pilot dachte an die Worte, die der Fuchs dem kleinen Prinzen zum Abschied ins Ohr geflüstert hatte. Sein Geschenk: *Man sieht nur mit dem Herzen gut. Das Wesentliche ist für die Augen unsichtbar.* Der Pilot verstand, dass das, was er sah, nur die Hülle des kleinen Prinzen war. Das Wesentliche des kleinen Prinzen aber war unsichtbar. Sein Lachen, seine hartnäckigen Fragen, seine Sorge wegen der Baobabs, seine Freundschaft mit dem Fuchs und seine Liebe zu der Rose – all das war unsichtbar und doch da.

Als die Sonne aufging, fanden sie einen Brunnen. Unter den wärmenden Strahlen der Sonne trank erst der kleine Prinz einen Schluck von dem kostbaren Wasser und dann der Pilot.

Der kleine Prinz genoss das Wasser mit geschlossenen Augen und rief dann: „Die Erwachsenen pflanzen Tausende von Rosen und finden doch nicht, wonach sie suchen. Wonach sie wirklich suchen, kann nur in einer einzigen Rose gefunden werden. Oder in einem einzigen kleinen Schluck Wasser."

Glücklich rannte und sprang der kleine Prinz durch die Wüste und die Sonne stieg höher und höher und durchflutete jeden Schattenrest des Wüstenbodens mit Helligkeit und Wärme.

Das kleine Mädchen erwachte, als es das Auto der Mutter losfahren hörte. Das Mädchen schaute auf seine Uhr und sprang ans Fenster. Es beobachtete, wie das Auto wegfuhr, und blickte dann zum Gartenzaun. Die Mutter hatte das Loch mit Brettern zugenagelt. Kurz entschlossen packte das Mädchen einen kleinen Koffer, nahm den Fuchs und lief damit zum Nachbarhaus. Ungeduldig klopfte es an die Tür.

„Immer mit der Ruhe!", rief der alte Mann von innen und öffnete die Tür. Er ging noch gekrümmter als sonst und sah sehr blass aus.

„Lass uns einen Brunnen suchen!", sagte das Mädchen.

„Was?" Der alte Mann kratzte sich am Bart. „Hör mal, ich habe neulich einen großen Fehler gemacht. Du darfst nicht mehr zu mir kommen."

„Ist schon in Ordnung. Es wird das letzte Mal sein", sagte das kleine Mädchen und schob sich durch die Tür ins Haus, den Koffer rollte es hinter sich her. „Los, lass uns das Flugzeug zum Laufen bringen!", rief das Mädchen dem alten Mann zu, der immer noch verwirrt in der Haustür stand.

Das Mädchen ging in den Garten und stellte sich neben das alte Flugzeug. Der alte Mann folgte ihm langsam.

„Wenn ihr es geschafft habt, durch die Wüste zu laufen

und einen Brunnen zu finden, dann können wir genauso gut losfliegen und den kleinen Prinzen finden", sagte das Mädchen und warf seinen Koffer in das Flugzeug.

„Warte", sagte der alte Pilot. „Wir können nicht gehen."

„Stimmt", das Mädchen nickte. „Wir müssen erst den Seitenflügel anbringen."

Der alte Mann schüttelte bedauernd den Kopf. „Es tut mir leid, aber wenn der Moment für mich gekommen ist zu gehen, dann muss ich allein gehen", sagte er.

„Ich werde dir keine Probleme machen und ich nehme auch nicht viel Platz weg im Flugzeug, das verspreche ich dir. Bitte geh nicht ohne mich", sagte das Mädchen.

„Ich denke, es ist Zeit, dir die Geschichte des kleinen Prinzen zu Ende zu erzählen", meinte der alte Mann und ging zurück zum Haus. Das Mädchen folgte ihm zögernd. Im Haus setzten sie sich auf das Sofa, das kleine Mädchen kuschelte sich an den Fuchs, schloss die Augen und lauschte dem Ende der Geschichte.

# Das Ende der Reise

An dem Abend, als der Pilot sein Flugzeug fertig repariert hatte, suchte er den kleinen Prinzen, um sich zu verabschieden. Er wollte am nächsten Morgen starten. Der Pilot fand ihn auf einem hohen Stein sitzend. Seine Beine baumelten hinab und er sprach mit jemandem; der Pilot konnte jedoch nicht erkennen, mit wem.

„Ich werde heute Nacht da sein. Bitte warte auf mich“, hörte der Pilot den kleinen Prinz flüstern. „Bist du sicher, dass ich nicht lange leiden werde?“

Da entdeckte der Pilot eine tödliche Schlange zu den Füßen des kleinen Prinzen. Der Pilot griff zu seinem Revolver.

Doch die Schlange verschwand zwischen den Steinen.

Der Pilot ging zu dem kleinen Prinzen und umarmte ihn. Der kleine Prinz wusste schon, dass der Pilot weiterfliegen würde, doch er wollte nicht mit ihm kommen.

„Ich werde heute Nacht zurückgehen. Es ist viel weiter und es ist viel schwieriger …“, sagte der kleine Prinz.

Der Pilot nahm ihn noch fester in den Arm.

„Ich habe Angst“, flüsterte der kleine Prinz.

„Ich kann einfach nicht glauben, dass ich dich nie wieder werde lachen hören“, sagte der Pilot.

Der kleine Prinz kletterte von dem Stein und betrachtete den Abendhimmel, an dem schon die ersten Sterne funkelten.

„Lass mich dir zum Abschied ein Geschenk machen“, sagte der kleine Prinz und zeigte nach oben. „Auf einem dieser Sterne werde ich leben. Auf einem dieser Sterne werde ich lachen. Und wenn du nachts in den Himmel schaust, wird es so sein, als lachten alle Sterne.“

Der kleine Prinz nahm den Piloten an die Hand und drückte sie. „Bitte komm nicht heute Nacht“, bat er leise.

Als es Nacht wurde, liefen der kleine Prinz und der Pilot Hand in Hand zu der Stelle, an der der kleine Prinz mit der Schlange verabredet war.

„Weißt du“, versuchte der kleine Prinz zu erklären. „Es ist zu weit weg. Ich kann meinen Körper nicht mit mir nehmen.“

Der Pilot antwortete nicht.

„Er wird wie eine abgeworfene Hülle sein. Es ist nichts Trauriges an einer abgeworfenen Hülle.“

Schweigend blickte der Pilot den kleinen Prinzen an. Der kleine Prinz blieb stehen. „Hier ist die Stelle“, sagte er sanft.

„Ich sollte dich nicht verlassen“, sagte der Pilot.

Traurig ließ der kleine Prinz den Kopf sinken. Dann sah er dem Piloten in die Augen und ließ seine Hand los. Er trat einen Schritt zurück und schaute voller Sehnsucht in den Himmel zu seinem Planeten.

In diesem Moment schoss die Schlange wie ein Blitz um die Knöchel des kleinen Prinzen und biss zu. Der kleine Prinz fiel lautlos in den Wüstensand.

Das kleine Mädchen schlug entsetzt die Augen auf und starrte auf die Zeichnung des kleinen Prinzen, der reglos auf dem Boden lag. Das Mädchen schluchzte und schüttelte ungläubig den Kopf. „Aber … aber …“, stammelte es und legte die Zeichnung weg. „Du hast doch gesagt, er ist da oben! Zurück bei seiner Rose!“, rief das Mädchen.

„Nun, es ist, wie er gesagt hat. Ich sehe zu den Sternen und ich höre ihn lachen“, sagte der alte Pilot.

„Aber du weißt es nicht sicher“, meinte das Mädchen.

„Es würde mich sehr beruhigen, wenn ich es sicher wüsste. Stattdessen glaube ich, dass er da oben ist“, erklärte der alte Mann.

„Willst du, dass ich das tue, wenn du nicht mehr da bist? Einfach zu den Sternen sehen und *glauben*?“, fragte das Mädchen.

Der alte Mann hielt dem Mädchen all die Blätter mit

der Geschichte des kleinen Prinzen hin. „Wenn du mit deinem Herzen hinsiehst, werde ich immer bei dir sein. So wie ich weiß, dass der kleine Prinz für immer bei seiner Rose sein wird“, sagte er.

„Aber du kannst es nicht mit Sicherheit wissen. Was ist, wenn er nicht zurück bei seiner Rose ist? Was ist, wenn er auf einem anderen Planeten ist? Was ist, wenn er verloren und allein in einer Welt ohne Sterne ist?“, fragte das Mädchen.

„Die Sterne werden immer da sein … du wirst sie für immer haben …“, sagte der alte Mann.

„Ich will die Sterne nicht!“, rief das Mädchen wütend. „Ich hasse die Sterne! Ich habe den ganzen Sommer an Sterne verschwendet. Ich wünschte, du hättest mir niemals diese blöde Geschichte erzählt!“ Das Mädchen schmiss die Blätter auf den Boden, drehte sich um und rannte aus dem Haus.

Als die Tür ins Schloss knallte, zuckte der alte Mann zusammen und eine Träne lief ihm in seinen wuscheligen Bart. Er sah den kleinen Fuchs an, der genauso traurig zu sein schien wie der alte Mann.

# Start ins Ungewisse

Das kleine Mädchen war auch traurig. Aber vor allem war es wütend. Es holte sich den Staubsauger und eine Leiter und saugte jeden einzelnen Leuchtstern über dem Bett ein. In dem durchsichtigen Staubsauger wirbelten die Sterne hin und her, gefangen in einem kleinen Tornado. Dann setzte sich das Mädchen auf sein Bett und starrte auf die gefangenen Sterne. Als es aufschaute, war es draußen dunkel. Am Himmel waren kaum Sterne zu sehen und es begann, leise zu regnen.

Der nächste Tag war der letzte Tag der Sommerferien. Es hatte die ganze Nacht durchgeregnet und regnete noch immer, als das Mädchen am späten Nachmittag mit seiner Mutter im Auto saß. Sie kamen vom Einkaufen und das Mädchen schaute traurig aus dem Fenster. An einer Bushaltestelle warteten Erwachsene auf den Bus. Sie sahen irgendwie alle gleich aus, fand das Mädchen. Als sie um die Ecke in ihre Straße bogen, bemerkten sie einen kleinen Tumult in ihrer Einfahrt. Das rote Licht einer Sirene blinkte aufgeregt.

„Was ist denn da los?“, fragte die Mutter.

Das Mädchen starrte durch die nasse Scheibe mit dem hin- und hergleitenden Scheibenwischer und erschrak. Auf dem Bürgersteig stand ein Krankenwagen! Genau vor dem Haus des alten Mannes!

Die Mutter parkte das Auto und das Mädchen sprang heraus. Gerade schoben zwei Sanitäter eine Trage in den Krankenwagen. Ein paar Nachbarn standen so dicht davor, dass das Mädchen nicht erkennen konnte, wer auf der Trage lag. Als es den Krankenwagen erreichte, wurden die Türen gerade geschlossen. Das Mädchen hüpfte verzweifelt auf und ab, konnte jedoch durch die matte Scheibe niemanden erkennen.

„Nein, nein! Wartet!“, rief das Mädchen atemlos.

Doch die Sanitäter stiegen in den Krankenwagen und fuhren los. Das Mädchen sah ihnen sprachlos hinterher. Langsam stellte sich die Mutter des Mädchens hinter ihre Tochter und wusste nicht recht, was sie sagen sollte.

Das Mädchen drehte sich zu seiner Mutter um und warf ihr einen verängstigten Blick zu. Dann rannte es durch den Regen hinter dem Krankenwagen her.

„Aber Liebling!“, rief die Mutter.

Das Mädchen achtete nicht auf sie. Es schnappte sich das Fahrrad eines Nachbarn, sprang auf und trat heftig in die Pedale.

„Liebling, fahr rechts an der Seite!“, rief die Mutter ihrer Tochter besorgt hinterher.

Wie eine Verrückte radelte das Mädchen bis zum Krankenhaus, dort sprang es vom Fahrrad und raste in die Notaufnahme. Tropfnass erreichte es die zwei Sanitäter mit der Trage. Darauf lag der alte Mann. Er war blass wie der Mond und atmete flach.

„Nein, geh nicht, bitte geh nicht! Ich brauche dich hier!“, schrie das kleine Mädchen und wollte die Hand des alten Mannes drücken. Doch die Sanitäter trugen die Trage durch eine Tür und das Mädchen wurde beiseitegeschoben.

Verzweifelt blieb das Mädchen vor der Tür stehen und starrte dem alten Mann auf der Trage hinterher. Als es sich umdrehte, stand die Mutter da, nahm ihre Tochter sanft an der Hand und führte sie zu ihrem Auto. Auf der Fahrt nach Hause schaute die Mutter abwechselnd nervös auf die Straße und zu ihrer Tochter. „Lass uns nicht vergessen, dass morgen ein wichtiger Tag ist“, sagte die Mutter.

Mit einem Ruck richtete sich das Mädchen in seinem Sitz auf und starrte seine Mutter ungläubig an. „Du verstehst gar nichts!“, rief es.

Zu Hause angekommen, stürzte das kleine Mädchen aus dem Auto und rannte auf sein Zimmer. Die Mutter blieb verwirrt im Auto sitzen und schüttelte ratlos den Kopf. Dann ging sie ins Haus. In der Küche blieb sie vor dem Lebens-Plan stehen und starrte auf den nächsten Tag. *AKADEMIE* stand da in Großbuchstaben.

Oben in seinem Zimmer lehnte das Mädchen unglücklich an seiner Tür. Es betrachtete die Schneekugeln, die aufgereiht in dem Regal standen. Das Mädchen ging darauf zu und schob sie vorsichtig zur Seite. Dahinter lagen gut versteckt die kleinen Fundstücke, die es in dem Einmachglas mit den Münzen entdeckt hatte. Das Mädchen stellte alle in die vordere Reihe: die Murmel, die Muschel, das Spielzeugflugzeug, die Plastikrose und den kleinen Sternanhänger. Die Figur des kleinen Prinzen stellte es zwischen die Rose und das Flugzeug.

„Er möchte zu dir?“, fragte es den kleinen Prinzen. „Dann bringe ich dich zu ihm zurück.“

Das Mädchen lief zum Fenster und blickte zum Himmel, der dunkel und wolkenverhangen war. Kein einziger Stern war zu sehen. Der Wind tobte durch die Äste der Bäume im Garten des alten Mannes und das kleine Mädchen schaute zu dem alten Flugzeug. Dann öffnete es entschlossen das Fenster und atmete tief durch. Das Mädchen kletterte auf den Schreibtisch und hangelte sich aus dem Fenster. Dabei stieß es die Schreibtischlampe um und im Zimmer wurde es dunkel.

Das kleine Mädchen ahnte nicht, dass die Mutter vor der Zimmertür stand und hineingehen wollte, als sie bemerkte, dass ihre Tochter das Licht ausgemacht hatte. So legte die Mutter kurz ihre Hand an die Tür und ging dann über den Flur zurück in ihr Schlafzimmer.

Das Mädchen machte einen kleinen Satz und klammerte sich an die Regenrinne. Doch die Regenrinne war nass und glitschig und dazu wehte der Wind stark und zerrte an dem Mädchen. Die Regenrinne knickte ab und wie auf dem Baum, als das Mädchen den Drachen holen wollte, rutschte das Mädchen ab und fiel und fiel. Mit einem harten Plumps landete es in dichtem Gestrüpp.

Das Mädchen ignorierte die Kratzer und Schmerzen vom Aufprall und rappelte sich auf. Es donnerte. Ein Gewitter zog auf. Unbeeindruckt krabbelte das Mädchen durch den Tunnel aus Büschen in den Garten des alten Mannes. Dort stand das Mädchen auf und staunte: Das alte Flugzeug glänzte im Mondlicht, das sich durch die dunklen Wolken stahl. Es sah atemberaubend schön aus. Das Mädchen strich staunend über die glatte Oberfläche des Flugzeuges. Der alte Mann schien es fertig repariert und poliert zu haben. Es war startklar. Das Mädchen blickte ins Cockpit und bemerkte den Fuchs auf dem Sitz des Copiloten und die Blätter mit den Zeichnungen auf dem Sitz des Piloten. Der alte Mann hatte sie sorgfältig sortiert und ordentlich zu einem Stapel zusammengelegt. Ein Funkeln in den Augen des Fuchses ließ ihn so lebendig wirken wie noch nie. Schnell krabbelte das kleine Mädchen auf den Sitz des Piloten, nahm die Zeichnungen und lehnte sich zu dem Fuchs hinüber. „Weißt du, wie man ein Flugzeug fliegt?“, fragte es ihn.

Der Fuchs schaute dem Mädchen in die Augen und schüttelte dann scheu den Kopf. Das Herz des Mädchens hüpfte vor Freude. Der kleine Fuchs WAR lebendig! Ohne sich weiter darüber zu wundern oder Fragen zu stellen, drückte das Mädchen dem Fuchs die Zeichnungen unter die Pfoten. „Hier, halt sie gut fest“, flüsterte es. Dann zog es sich entschlossen die Fliegermütze und den weißen Schal des alten Mannes an. Mit angehaltenem Atem drehte das Mädchen den Zündschlüssel um – der Motor sprang tatsächlich an! Er brummte, rappelte und keuchte wie eine alte Dampflock, aber er sprang an! Der Propeller begann sich zu drehen, und ohne dass das Mädchen etwas tun musste, setzte sich das Flugzeug wie von Geisterhand gesteuert in Gang. Doch das Mädchen und der Fuchs wussten, dass der alte Mann etwas ausgetüftelt hatte, um das Flugzeug zu starten. Hoffentlich klappte es diesmal und endete nicht in einer Explosion! Das Flugzeug bewegte sich langsam nach vorne und ein Sack mit Sand plumpste hinunter, der einen Haken löste, woraufhin sich ratternd und klappernd eine Startbahn ausrollte. Das kleine Mädchen setzte die Fliegerbrille auf und plötzlich wurde das Flugzeug ein Stück zurückgezogen – wie man einen Stein in einer Steinschleuder zurückzieht, um ihn dann abzuschießen. Ganz genauso wurde das Flugzeug mit einem Mal nach vorne über die Startbahn geschleudert. Immer schneller und schneller rollte das Flugzeug an, während das Mädchen nach Anschnallgurten für sich und den Fuchs suchte. Als es aufschaute, bemerkte es erschreckt, dass das Flugzeug direkt auf den Zaun zurollte. Doch die Räder des Flugzeugs passierten einen Schalter, der den Zaun so weit umkippen ließ, dass er eine Art Abflugrampe bildete. Das Mädchen legte seine Hand auf den Steuerknüppel und schloss die Augen, als das Flugzeug die Rampe hochraste und in die Luft stieg. Es flog! Das Mädchen und der Fuchs konnten es kaum fassen. Das Flugzeug des alten Mannes hatte tatschsächlich abgehoben. Zwar streifte es beinahe eine Stromleitung und berührte den Schornstein eines Hauses, aber es flog. Als die Räder des Flugzeugs eine Satellitenschüssel von einem Dach rissen, übernahm das Mädchen das Steuer und versuchte, weitere Zusammenstöße zu vermeiden. Zuerst lenkte es sie aber aus Versehen in einen Baumwipfel und scheuchte die schlafenden Vögel aus ihren Nestern. Schnell zog das Mädchen den Steuerknüppel nach oben und das Flugzeug schoss hoch und höher aus dem Baum heraus dem Himmel entgegen. Weit unten konnte das Mädchen gerade noch den Turm seiner neuen Schule erkennen, als das Flugzeug in die dunklen Wolken hineintauchte.

# Flug durch das Universum

Ein starker Windstoß erfasste das Flugzeug und warf es hin und her. Das kleine Mädchen griff im letzten Moment nach dem Fuchs und dem Stapel Zeichnungen, die fast aus dem Flugzeug geschleudert wurden.

„Ich halte dich!“, rief das Mädchen und setzte den Fuchs sanft zurück auf den Sitz. Das Flugzeug durchbrach die Wolkendecke und schoss in das dunkle Universum wie eine Rakete. Der Fuchs klammerte sich an den Stapel Papier und wirkte leicht grün um die Nase. Das Mädchen lenkte das Flugzeug in ruhigere Bahnen. Es war still, dunkel und unheimlich. Das Mädchen und der Fuchs sahen sich ungläubig um. Sie drehten ihre Köpfe nach links, nach rechts, blickten nach oben und nach unten. Da war nichts, gar nichts. Das ganze Universum war schwarz wie die Nacht. Kein einziger Stern funkelte durch die Dunkelheit. Als hätte sie jemand ausgeknipst wie eine Lampe.

„Die Sterne“, flüsterte das Mädchen. „Sie sind weg …“

Stumm flogen das Mädchen und der Fuchs durch die

Schwärze des Universums. Der Fuchs hüpfte auf das Armaturenbrett und drückte mit seiner Pfote auf einen Knopf. Außen am Flugzeug ging ein Scheinwerfer an, den der Fuchs nach links und rechts lenkte. Doch bis auf den schwachen Lichtstrahl ihres Scheinwerfers konnten das Mädchen und der Fuchs nichts erkennen. Kein Stern weit und breit. Das Flugzeug tauchte durch die Dunkelheit, als wäre es ein Unterwasserfahrzeug unterwegs in den unerforschten Regionen der Tiefsee.

Der Fuchs schwenkte unermüdlich den Scheinwerfer hin und her, als plötzlich vor ihnen ein schwaches Flackern zu erkennen war! Aufgeregt lenkte das Mädchen das Flugzeug darauf zu und erkannte entsetzt den Planeten des Königs. Er war leer und verlassen, niemand saß auf dem Thron, nur die diamantbesetzte Krone des Königs lag einsam daneben und funkelte schwach im Scheinwerferlicht. Mit angehaltenem Atem bemerkten das Mädchen und der Fuchs weitere Planeten – einer wie der andere drehten sie sich öde und verlassen durch die Dunkelheit.

„Das sind die Asteroiden 330, 329, 328, 327 …", zählte das Mädchen die Planeten. Stumm flog es weiter bis zum letzten Planeten der Kette.

„Das ist der B 612!", rief es.

Der Fuchs richtete den Scheinwerfer auf den Planeten

des kleinen Prinzen. Er war über und über bewachsen von den gefräßigen Baobabs. Die mächtigen Wurzeln der Affenbrotbäume hatten den Planeten fest in ihren Klauen.

„Katastrophe! Wo kann er nur sein?“, keuchte das Mädchen.

Zweimal umkreisten das Mädchen und der Fuchs den Planeten des kleinen Prinzen. Doch er war nicht da. Die Rose des Prinzen stand einsam unter ihrer Glaskugel und ihr gegenüber stand ein verlassener Stuhl.

„Da ist sie“, wisperte das Mädchen. „Sie ist ganz allein.“ Betroffen drehte sich das Mädchen zu dem Fuchs um. Der zupfte es vorsichtig am Ärmel und zeigte mit der Pfote in die Ferne. Etwas funkelte grün durch die Dunkelheit wie ein Hoffnungsschimmer.

# Der Planet der Erwachsenen

Ein Stern!“, rief das Mädchen erleichtert und steuerte das Flugzeug darauf zu. Doch je näher das Mädchen und der Fuchs kamen, desto mehr staunten sie. Das war kein Stern, sondern ein sehr großer Planet, der über und über bebaut war mit Hochhäusern, die wie riesige beleuchtete Stacheln aus der Erde wuchsen. Obwohl es bereits Abend und dunkel war, leuchtete dieser Planet taghell.

Das Mädchen und der Fuchs flogen direkt über das Gebirge aus Gebäuden und Hochhäusern hinweg und umrundeten den Planeten langsam. Autos und Busse fuhren auf den Straßen, als würden sie von einem geheimen Uhrwerk gelenkt. Alle fuhren in dem gleichen schnellen Tempo, es gab keine Staus, keine Behinderungen und auch an den Kreuzungen lief der Verkehr völlig reibungslos.

„Was ist das für ein Planet?“, fragte das Mädchen, nahm sich ein Fernglas und stellte es so ein, dass es die Fußgänger auf den Straßen sehen konnte.

„Das sind ja alles nur Erwachsene!“, stellte das Mädchen fest.

Die Erwachsenen bewegten sich alle gleich schnell, als gäbe jemand einen geheimen Rhythmus vor. Einen sehr schnellen Takt, den alle befolgten. Autos, Busse, Fußgänger – sie rasten über den Planeten als hätte man beim Filmschauen auf Schnelllauf gedrückt.

Verwundert ließ das kleine Mädchen das Fernglas sinken, als es plötzlich auf dem blinkenden Dach eines Hochhauses etwas sah. Es sah aus wie ein gelber Blitz! Das Mädchen kniff die Augen zusammen und blickte erneut durch das Fernglas.

„Kann das sein?“, fragte es atemlos. Durch das Fernglas erkannte es einen blinkenden Turm auf dem Dach und eine kleine grüne Figur mit einem gelben Schal, der im Wind flatterte. Obwohl das Mädchen das Fernglas nicht exakt scharf stellen konnte und sich das Flugzeug hin und her bewegte, war sich das Mädchen sicher. „Er ist es! Er ist es!“, rief es aufgeregt.

Der Fuchs warf einen Blick durch das Fernglas und nickte ebenfalls begeistert.

„Lass uns ihn holen gehen“, sagte das Mädchen, als der Fuchs es heftig am Ärmel zog und mit seiner Pfote nach vorne zeigte. Das Flugzeug war kurz davor, in ein Gebäude zu fliegen!

Das Mädchen schrie und zog den Steuerknüppel nach oben. Die Räder des Flugzeugs kratzten an der Hauswand entlang, doch es gelang dem Mädchen, das Flugzeug höher zu fliegen. Dennoch geriet das Flugzeug ins Taumeln und das Mädchen konnte den Fuchs gerade noch am Schwanz packen, um ihn im Cockpit zu halten. Als es ihn zurück auf den Sitz setzte, zeigte er nach unten auf eine Straße, auf der kein einziges Fahrzeug fuhr. Die Straße war leer und eignete sich perfekt als Landebahn. Das Mädchen nickte und setzte entschlossen zur Landung an. „Wir versuchen es!“, rief es.

Im Anflug auf die Straße streifte das Flugzeug einen Laternenmast, doch es gelang dem Mädchen, das Flugzeug mit quietschenden Bremsen auf die Straße aufzusetzen. Genau in dem Moment wurden das Mädchen und der Fuchs von hellen Scheinwerfern angeleuchtet. Jede Menge Autos fuhren direkt auf sie zu! Das Mädchen riss das Flugzeug wieder nach oben, wobei die Räder einem Taxi das Oberlicht abschlugen. Weder der Fuchs noch das Mädchen bemerkten das Polizeiauto, das ihnen folgte.

„Wo kamen denn auf einmal die ganzen Autos her?“, fragte das Mädchen erschrocken.

Der Fuchs deutete auf eine Ampel. Als das Mädchen darüberflog, schaltete die Ampel auf Grün. Die Autos fuhren an und der Fuchs zeigte auf eine Lücke im Verkehr. Als das Mädchen darauf zuflog, wurde es Rot. Die Autos hielten an und die Lücke war wieder geschlossen.

„Wir brauchen Grün!“, rief das Mädchen und zog das Flugzeug ein Stückchen höher. Dabei verursachte es einen Windstoß, der eine Bushaltestelle umwirbelte. Die Zeitungen der dort wartenden Menschen flogen in alle Richtungen. Manche landeten auf den Windschutzscheiben der Autos, sodass deren Fahrer wild lenkten und langsamer wurden. Das Polizeiauto musste den Autos ausweichen und sie umfahren.

Der Fuchs entdeckte eine neue Lücke im Verkehr und wies auf die grünen Ampeln im weiteren Verlauf der Straße.

„Ja, freie Fahrt, ich sehe die Lücke und setze zur Landung an“, sagte das Mädchen und hielt die Schnauze des Flugzeugs nach unten. Das Flugzeug schwebte einen Moment über der Lücke zwischen den fahrenden Autos und endlich gelang es dem Mädchen, das Flugzeug auf der Straße zu landen. Bremsen quietschten, Autos hupten und überall blieben die Autos stehen. Um das Flugzeug entstand ein großer Stau. Aus dem Motor des alten Flugzeugs qualmte es. Erst als der Rauch sich etwas verzogen hatte, konnten das Mädchen und der Fuchs das Verkehrschaos erkennen, das sie angerichtet hatten. Auf dem

Gehweg standen Fußgänger, die alle starr vor Schreck schienen. Obwohl die Ampel auf Grün schaltete, ging niemand über die Straße. Mit offenen Mündern staunten die Fußgänger über das Flugzeug, das direkt vor ihrer Nase gelandet war. Das Einzige, was sich bewegte, war der blinkende Turm auf dem Hochhaus vor ihnen und das Polizeiauto, das mit Tatütata angerast kam und direkt vor dem Flugzeug zum Stehen kam.

Das Mädchen sah den Fuchs an und grinste schief. „Hast du einen Piloten-Führerschein?“, fragte es.

Der Fuchs schüttelte den Kopf.

„Steigen Sie aus dem Fahrzeug aus!“, rief ein Polizist über Lautsprecher.

„Vielleicht einen Auto-Führerschein?“, fragte das Mädchen.

Der Fuchs schüttelte den Kopf.

„Wie alt bist du?“, fragte das Mädchen.

„Ich sagte, steigen Sie aus dem Fahrzeug aus!“, wiederholte der Polizist.

Das Mädchen nahm die Zeichnungen des alten Mannes an sich und kletterte vorsichtig mit dem Fuchs aus dem Cockpit. Auf dem Tragflügel des Flugzeugs blieb es stehen. „Es tut mir sehr leid, Herr Polizist …“, begann das Mädchen und hob die Hände ein wenig an, doch der Polizist unterbrach es.

„Hände hoch, dass ich sie sehen kann!“, befahl er mit strenger Stimme.

Das Mädchen hob die Hände noch etwas höher. Der Polizist ging auf den Tragflügel des Flugzeugs zu. „Gefährliche Geschwindigkeitsüberschreitung, gefährlicher Spurwechsel, Überfahren mehrerer roter Ampeln. Zerstörung von Stadteigentum“, zählte er auf, was er dem Mädchen vorwarf.

„Ich brauche nur fünf Minuten!“, rief das Mädchen. „Ich hole nur einen Freund ab. Na ja, eigentlich den Freund eines Freundes. Er ist wie ein Freund, aber wir sind uns noch nie begegnet. Ich lade ihn ein und bringe ihn nach Hause“, erklärte das Mädchen.

„Aha, auch noch versuchte Entführung!“, schrie der Polizist empört.

In diesem Moment bog ein Abschleppwagen um die Ecke und ohne Vorwarnung wurde ein Abschlepphaken auf das Flugzeug geworfen.

„Was tun Sie denn da? Warten Sie!“, rief das Mädchen aufgebracht.

„Kein Gebrauch von Blinklichtern“, fuhr der Polizist unbeeindruckt fort und stellte dann fest: „Sie haben überhaupt keine Blinklichter!“ Der Polizist kam noch näher an den Tragflügel heran, auf dem das Mädchen und der Fuchs standen.

Das Mädchen riss erstaunt die Augen auf: „He, ich kenne dich!“, rief es. Das Mädchen zwinkerte dem Fuchs zu und er zwinkerte zurück. Der Polizist hatte einen riesigen Hut auf!

„Der eingebildete Mann“, flüsterte das Mädchen und klatschte. Der Polizist, der tatsächlich der eingebildete Mann war, hob seinen Hut zum Gruß. Er lachte erfreut, weil jemand ihn bewunderte. Das Mädchen und der Fuchs beklatschten ihn noch eine Weile und nickten sich dann zu.

„Der eingebildete Mann“, wiederholte das Mädchen, das sich über diesen Zufall schon ein bisschen wunderte. Doch diesmal hatte der Polizist es verstanden und war wenig begeistert über die Bemerkung.

„Ungehorsam gegenüber einem uniformierten Beamten, gegenüber dem Gesetz und gegenüber mir!“ Der Polizist nahm dem Mädchen beleidigt den Stapel Papier mit den Zeichnungen weg und legte ihm Handschellen um.

„Warte!“, rief das Mädchen. „Warum bist du nicht auf deinem Planeten?“ Schockiert ließ das Mädchen seine gefesselten Hände sinken. Doch die Handschellen waren viel zu groß für seine schmalen Handgelenke und fielen einfach auf die Straße. Das Mädchen und der Fuchs sahen erst den Polizisten und dann einander erstaunt an.

„Äh, warum bist du so klein?", fragte der Polizist nicht weniger verblüfft.

„Weil ich ein Kind bin", sagte das Mädchen.

Mit einem entsetzten Aufschrei traten die Fußgänger einen Schritt zurück.

„Ein Kind?", riefen sie.

„Kinder sind auf diesem Planeten absolut nicht erlaubt!", schrie der Polizist wütend und bückte sich nach den Handschellen.

„Lass uns abhauen!", flüsterte das Mädchen dem Fuchs zu.

Mit einem großen Satz sprangen die beiden von dem Flugzeug auf den Rücken des Polizisten und von da auf die Straße. So schnell sie konnten, rannten sie zu dem Hochhaus, auf dem sie den kleinen Prinzen gesehen hatten.

„He, nicht so schnell!", rief der Polizist. Er erwischte den weißen Schal, den das Mädchen um den Hals trug. Wie an einer Leine zog er daran und das Mädchen konnte nicht weiterlaufen. Verzweifelt versuchte es, sich den Schal auszuziehen. Die Fußgänger, die immer noch dastanden, fingen begeistert an, dem Polizisten zu applaudieren. Sie klatschten voller Bewunderung für sein schnelles Eingreifen, um das flüchtende Kind aufzuhalten. Und der Polizist, der ja eigentlich der eingebildete

Mann war, konnte nicht anders. Er ließ den Schal des Mädchens los und grüßte mit seinem Hut die Fußgänger um sich herum.

Das kleine Mädchen und der Fuchs aber nutzten die Gelegenheit und flüchteten unbemerkt über die Straße. Sie steuerten das Hochhaus mit dem blinkenden Turm an.

# Herr Prinz

Vor den Türen, die in das Hochhaus führten, blieben das Mädchen und der Fuchs stehen und blickten in die Eingangshalle. Lauter Erwachsene liefen dort eilig hin und her.

„Wir brauchen eine Verkleidung“, stellte das Mädchen fest. Kurzerhand hob es den Fuchs auf und legte ihn sich um den Hals wie eine Stola aus Fell. Als es die Eingangshalle betrat, achtete niemand auf das kleine Mädchen mit dem dicken fuchsroten Schal. Das Mädchen blickte genauso ernst und wichtig drein wie die Erwachsenen und bewegte sich ebenso zielgerichtet. Schnurstracks lief es auf den Aufzug zu, wo gerade die Türen aufgingen und eine Schlange Erwachsener hineinstieg. Der Fahrstuhl-Mann winkte sie hinein. „Ah, hier sind meine Untertanen. Kommt näher“, sagte er. Schnell schlüpfte das Mädchen mit in den Fahrstuhl und drückte sich an eine Wand. Der Fahrstuhl-Mann kam ihm merkwürdig bekannt vor. Die Erwachsenen gaben an, wo sie hinwollten, und der Fahrstuhl-Mann drückte die Knöpfe dazu.

„Erster Stock“, rief der Fahrstuhl-Mann. Die Aufzugtüren öffneten sich und das Mädchen konnte viele Schreibtische erkennen, an denen Erwachsene saßen und rechneten. Die Türen schlossen sich, nachdem einige Erwachsene aus- und eingestiegen waren. Auch im zweiten Stock war ein großes Büro mit Erwachsenen zu sehen, die vor Computern und riesigen Taschenrechnern saßen und rechneten. Das gleiche Bild auch im 24. Stock und im 142. Dort stieg der letzte Erwachsene aus und niemand stieg zu. Das Mädchen und der Fuchs waren allein mit dem Fahrstuhl-Mann, der zusammengesunken auf einem Stuhl saß und seufzte. Er hatte gar nicht bemerkt, dass noch jemand im Fahrstuhl war. Langsam sackte er noch weiter in sich zusammen, schloss die Augen und begann zu schnarchen.

Das Mädchen schaute ihn erstaunt an. Der Fahrstuhl-Mann war eingeschlafen! Das Mädchen betrachtete den langen Mantel des Fahrstuhl-Manns und seine Mütze, die schief auf seinem Kopf saß wie eine traurige Krone. Aufgeregt stupste das Mädchen den Fuchs an. „Ich glaube, das ist der König!“, flüsterte es.

Der Fuchs musterte den Fahrstuhl-Mann und nickte.

„Oberster Stock, bitte“, befahl das Mädchen und versuchte, möglichst erwachsen zu klingen.

Der Fahrstuhl-Mann rappelte sich ertappt auf und

Der Pilot malt ein Schaf.

Der kleine Prinz begutachtet sein Werk.

Genau so hat er es sich vorgestellt!

Der kleine Prinz bewacht den Spross ...

... und lernt seine Rose kennen.

Die Zugvögel tragen ihn davon.

Er trifft auf den König, ...

... den eingebildeten Mann ...

... und den gierigen Geschäftsmann.

Auf der Erde redet er mit der Schlange.

Der Fuchs wird sein bester Freund.

Zusammen genießen sie das Leben.

Doch der Prinz vermisst seine Rose.

Der Prinz muss entscheiden, was wertvoll und wichtig ist.

Er möchte nach Hause ...

... und nimmt Abschied vom Piloten.

räusperte sich. „Hehem! Ah, einer von meinen Untertanen. Warum bist du so klein?“, fragte er.

„Na ja, es ist, weil ich sehr alt bin … und krank“, behauptete das Mädchen und hustete in seine Hand. Dann deutete es auf die Fahrstuhlknöpfe. „Diese Knöpfe gehorchen dir und tun, was du verlangst?“, fragte das Mädchen.

Der Fahrstuhl-Mann nickte würdevoll. „Das ist mein Königreich. Ich regiere über alles hier!“, sagte er stolz.

„Ich würde sehr gern in den obersten Stock, Eure Majestät“, bat das Mädchen.

„Aber der oberste Stock ist verboten“, sagte der Fahrstuhl-Mann, der eigentlich der König war.

Das kleine Mädchen hustete noch einmal in seine Hand, diesmal ganz kraftlos und schwach.

Der Fahrstuhl-Mann richtete sich zu seiner vollen Größe auf. „Hehem.“ Er räusperte sich. „Du sollst deinen obersten Stock bekommen. Ich werde es befehlen. Aber ich muss warten, bis die Bedingungen dafür günstig sind.“

Der Fahrstuhl-Mann blickte etwas ratlos an der langen Reihe Knöpfe hoch. Der Knopf für das oberste Stockwerk war selbst für ihn schwer zu erreichen. Doch dann drückte er unterhalb der Knöpfe auf die Fahrstuhlwand und ein viereckiges Loch tat sich auf, in dem ein Königszepter lag. Er nahm das Zepter, hob es hoch und drückte damit den Knopf für das oberste Stockwerk. „Hehem", räusperte er sich. „Die Bedingungen sind günstig." Dann setzte sich der Fahrstuhl-Mann stolz und zufrieden zurück auf seinen Stuhl.

Im obersten Stockwerk angekommen, liefen das Mädchen und der Fuchs durch lange Gänge, bis sie eine Treppe fanden, die sie auf das Dach des Hochhauses führte. Hier oben war es dunkel und windig. Der Nachthimmel hing schwarz über ihnen. Nur der Turm blinkte durch die Nacht. Das Mädchen und der Fuchs sahen in alle Richtungen und suchten nach dem kleinen Prinzen.

„Da ist er!", rief das Mädchen aufgeregt, als es eine grün gekleidete Figur ausmachen konnte. Es sah aus, als würde der kleine Prinz einen Vulkan ausfegen. Er war umgeben von Nebel, Staub und Dunkelheit, in der sein Schal wie ein Sonnenstrahl im Wind flatterte. Die Blinklichter des Turms strahlten den kleinen Prinzen an und der Staub glitzerte und tauchte ihn in ein magisches Licht. Das kleine Mädchen und der Fuchs betrachteten ihn eine Weile stumm. Sie waren froh und dankbar, ihn endlich gefunden zu haben. Dann rannten sie auf ihn zu.

„Kleiner Prinz! Kleiner Prinz!", rief das Mädchen.

Die Figur auf dem Dach drehte sich erschrocken um. Der Wind wehte den glitzernden Staub davon und vor dem atemlosen Mädchen stand ein Mann, der einen grünen Arbeitsanzug trug und eine gelbe Krawatte. Er sah aus wie ein Hausmeister.

„AAAAHHHHH!", schrie das Mädchen ungläubig.

„AAAAHHHHH!", schrie der Hausmeister ebenso verwirrt. Er machte einen Schritt zurück und fiel in seinen Wagen, auf dem sich Besen, Bürsten, Lappen und Werkzeuge befanden. „Oh, aua, schon in Ordnung. Oh, mein Schienbein!", rief der Hausmeister.

„Oh, ich, es tut mir leid. Ich dachte, du wärst … jemand anders", stammelte das Mädchen.

„Dachtest du?", fragte der Hausmeister erleichtert. „Oh, das ist toll! Das ist toll! Bitte melde mich nicht. Meine Pause ist vorbei, aber du siehst ja, dass ich arbeite. Bitte melde mich nicht", bat der Hausmeister. Er rappelte sich auf, stellte seine Besen und Bürsten zurück auf den Wagen und schob ihn schnell über das Dach zu einem Schornstein.

Das Mädchen sah dem Mann traurig hinterher. „Er ist es nicht, was sollen wir denn jetzt machen?", flüsterte es. Doch dann runzelte es die Stirn und beobachtete den Hausmeister genauer. Der Fuchs beschnüffelte den Boden an der Stelle, an der der Hausmeister hingefallen war. Dann hob er etwas mit seiner Schnauze auf und brachte es dem Mädchen. Es war ein Namensschild.

„Oh, nein!“, rief es entsetzt, als es den Namen gelesen hatte, und lief dem Hausmeister hinterher. „Ähm, entschuldige!“

Vor lauter Schreck brach dem Hausmeister die Bürste in dem Schornstein ab, den er gerade fegte, und er zog nur den Stiel wieder hinaus. „Oh nein. Katastrophe!“, wisperte er.

Das Mädchen zeigte dem Hausmeister das Namensschild. „Könnte es sein, dass du das verloren hast, Herr … Prinz?“, fragte es.

Der Hausmeister starrte auf das Namensschild. *Herr Prinz* stand dort geschrieben und *Hausmeister*.

Der Hausmeister nickte panisch. „Danke, kann ich … kann ich es wiederhaben?“

Das Mädchen hielt das Namensschild fest in der Hand. „Was ist mit dir passiert? Dem Piloten wird das kein bisschen gefallen!“, sagte es mit fester Stimme.

Völlig verblüfft starrte der Hausmeister das kleine Mädchen und den Fuchs an. Er hatte offensichtlich keine Ahnung, wovon das Mädchen sprach. „Gib es mir, bitte, gib es mir. Bitte. Gib es mir“, wiederholte er.

Das Mädchen zuckte mit den Schultern und reichte dem Hausmeister das Namensschild.

„Danke“, sagte der Hausmeister, klippste es an seinen Arbeitsanzug und ging zurück an seine Arbeit.

Das Mädchen rannte hinter ihm her. „Halt an! Ich weiß, wer du bist! Du bist der kleine Prinz und du hast Angst vor Baobabs!“, rief es.

Der Hausmeister blieb stehen. „Nein. Ich bin Herr Prinz, der Hausmeister. Und ich habe Angst vor dem Geschäftsmann.“

„Du hast alles vergessen!“, rief das kleine Mädchen verzweifelt. „Du hast in der Wüste einen Piloten getroffen! Er hat dir ein Schaf gemalt!“

Der Hausmeister kletterte auf einen weiteren Schornstein und schüttelte den Kopf. „Lass mich in Ruhe.“

„Du bist mit einem Schwarm Zugvögel von Planet zu Planet gereist!“ Das Mädchen ließ nicht locker.

Der Hausmeister verjagte mit seinem Besenstiel ein paar Vögel vom Rand des Schornsteins und schüttelte wieder den Kopf. „Entschuldige mich, ich bin sehr beschäftigt.“ Mit voller Kraft begann der Hausmeister, den Schornstein zu kehren. Schwarzer Staub gemischt mit kleinen Glitzerfunken wirbelte auf.

„Du hast einen Fuchs gezähmt. Einen Fuchs wie diesen hier!“, versuchte es das Mädchen weiter. Der Fuchs sprang hoch und lächelte scheu zur Begrüßung.

„Ich hatte nie ein Haustier“, sagte der Hausmeister.

„Er war nicht dein Haustier. Er war dein Freund!“, erklärte das Mädchen.

„Sehe ich aus, als hätte ich Freunde? Ich arbeite!", sagte der Hausmeister und ließ aus Versehen den Stiel von der Bürste los. Die Bürste rutschte hinab durch den Schornstein. Erschrocken starrte der Hausmeister in den Schlot. „Oh nein. Das war meine letzte Bürste. Ich werde gefeuert. Diese Stelle war meine letzte Chance. Das ist so unfair. Ich habe doch nur meinen Job gemacht."

Das Mädchen nahm eine Bürste von dem Wagen. „Hier ist noch eine", sagte es.

Der Hausmeister griff nach der Bürste. „Oh, danke. Jetzt muss ich weiterarbeiten. Du verlangsamst meine Produktivität."

„Du hattest eine Rose!", schrie das Mädchen.

Der Hausmeister blieb verwirrt stehen. „Eine was?"

„Eine Rose", wiederholte das Mädchen. „Eine wirklich wunderschöne Rose. Sie war wundervoll. Magisch. Sie war einzigartig auf der Welt."

Der Hausmeister schnaubte verächtlich. „Weißt du, ich habe jetzt genug von diesem Unsinn. Ich muss arbeiten. Danke."

Ängstlich und verzweifelt griff das kleine Mädchen nach der Bürste des Hausmeisters und versuchte, sie ihm zu entreißen. „Du hast alles vergessen!", schrie es unglücklich.

„Ich bin sehr beschäftigt mit wichtigen Angelegenheiten!“, rief der Hausmeister und umklammerte seine Bürste.

„Du bist nur ein weiterer Erwachsener geworden!“, rief das Mädchen vorwurfsvoll und entriss dem Hausmeister die Bürste.

„Gib sie her!“, rief der Hausmeister.

Das Mädchen schleuderte die Bürste so weit von sich weg, wie es konnte. Sie flog vom Dach hinunter.

„Oh nein!“, rief der Hausmeister betroffen.

„Ups!“, machte das Mädchen.

Tief bestürzt rannte der Hausmeister an den Rand des Daches. „Warum hast du das getan? Warum?“, schluchzte der Hausmeister. „In Ordnung, ganz ruhig. Ich darf nicht weinen. Ich darf nicht weinen. Ich bin ein Erwachsener. Ich bin ein erwachsener Mann. Meine Bürste wurde weggeworfen, aber ich darf nicht weinen …“ Doch dann begann der Hausmeister zu weinen. Er weinte bittere Tränen, seine Nase lief und er schluchzte herzzerreißend.

Voller Mitleid näherte sich das Mädchen und reichte ihm ein Taschentuch. Der Hausmeister putzte sich geräuschvoll die Nase und blickte das Mädchen an, als sähe er es zum ersten Mal. „Warte mal einen Moment, warum bist du so klein?“, fragte er verblüfft.

„Ich bin ein Kind“, erklärte das Mädchen. „So wie du ein Kind sein solltest.“

Verwirrt musterte der Hausmeister das Mädchen von oben bis unten. „Du bist ein Kind? Das ist hier absolut nicht erlaubt!“

Das Mädchen schüttelte ungläubig den Kopf. „Ich muss das irgendwie wieder in Ordnung bringen.“

„Ich glaube, ich weiß jemanden, der dir helfen kann!“, rief der Hausmeister da und lächelte zum ersten Mal.

# Die Akademie für angehende Erwachsene

Kurze Zeit später standen Herr Prinz, das kleine Mädchen und der Fuchs vor der Fassade eines Gebäudes mit vielen runden Säulen. Es war die Akademie für angehende Erwachsene.

„Bist du dir sicher, dass wir hier richtig sind?“, fragte das Mädchen.

Die Türen öffneten sich und ein Mann, dünn und lang wie eine Bohnenstange, blickte auf die drei Besucher hinab. Der Fuchs knurrte misstrauisch.

„Wie geht es Ihnen, Herr Lehrer?“, fragte Herr Prinz den Mann. „Bei mir läuft es gut. Ich liebe meinen Job.“

„Herr Prinz, was für eine freudige Überraschung!“, grüßte der Lehrer.

„Oh, hihi“, kicherte Herr Prinz etwas verzweifelt und lenkte schnell ab: „Dieses Kind braucht Ihre Hilfe.“

Neugierig musterte der Lehrer das kleine Mädchen, dann ging er in die Hocke und blickte ihm direkt ins

Gesicht. Dem Fuchs streichelte er über den Kopf. „So, brauchst du das?“, fragte der Lehrer. „Wir erlauben hier normalerweise keine kleinen Hunde. Aber für euch werde ich eine Ausnahme machen, nicht wahr?“ Er kraulte dem Fuchs den Hals. „Ganz entzückend, kommt rein, kommt rein!“ Der Lehrer hob den Fuchs auf seine Hand und führte seine Besucher hinein in die Akademie.

Staunend blickten sich das Mädchen und der Fuchs um. Hier sah es überhaupt nicht wie in einer Schule aus, sondern wie in einer riesigen Lagerhalle. Auf deckenhohen Stapeln türmten sich Tausende von Gegenständen, auf denen *wertlos* geschrieben stand: Bücher, Bilder, Staffeleien, Pinsel, Bälle, Schachbretter und viele, viele mehr. In der Mitte stand eine riesige Maschine, die sich mit einer gewaltigen Klaue ein paar Fahrräder aus einem der Haufen griff und sie in ihr gewaltiges Maul warf. Dort rüttelte die Maschine die Fahrräder durch, zermalmte sie mit ihren kräftigen Mahlzähnen und am anderen Ende spuckte die Maschine Tausende von glänzenden Büroklammern auf ein schwarzes Fließband. Von dort aus wurden sie in Schachteln verpackt und in Kisten gestapelt.

Der Lehrer bemerkte die ungläubigen Blicke des Mädchens. „Alles, was wertlos und unwesentlich ist …“, begann er zu erklären.

„… muss wertvoll und wesentlich gemacht werden“, ergänzte Herr Prinz.

„Sehr gut, Herr Prinz“, lobte der Lehrer und Herr Prinz wurde rot vor Stolz. „Siehst du“, wandte sich der Lehrer an das kleine Mädchen. „Es ist wirklich eine großartige Zerkleinerungs-Verwandlungs-Maschine, die der Geschäftsmann hier konstruiert hat. Man könnte sie sogar als eine Art Kunstwerk bezeichnen“, schwärmte der Lehrer. Er führte seine Besucher zu einer Tür, auf der *Klassenraum* geschrieben stand. Kurz bevor er die Tür öffnete, erschrak das Mädchen: Über den Stapeln mit den wertlosen Sachen hing an einem Haken das Flugzeug des alten Mannes! Der Abschleppwagen hatte es offensichtlich hierhergefahren.

Doch noch bevor das Mädchen etwas sagen konnte, öffnete der Lehrer die Tür zu dem Klassenzimmer und schob seine Besucher hinein. Wieder erschrak das Mädchen. Der Raum war völlig leer bis auf ein kleines Pult mit einem einzigen Stuhl davor und ein Lehrerpult mit merkwürdigen Hebeln.

Der Lehrer schloss die Tür hinter dem Mädchen und lächelte es falsch an. „Aber natürlich hast du einen Fehler gemacht, nicht wahr? Einen sehr großen Fehler. Nichts ist so einfach, wie das zu erkennen.“

Das Mädchen stolperte entsetzt in den Raum hinein.

„Wie konntest du nur?“, fragte es Herrn Prinz, als es begriff, dass er sie verraten hatte. „Ich versuche, dir zu helfen!“

„Aber ich versuche doch, *dir* zu helfen!“, entgegnete Herr Prinz und zeigte auf das einzige Foto, das an der Wand hing. Es zeigte ihn mit einer schwarzen Kappe und einem schwarzen Festumhang und er sah ein bisschen so aus, als wüsste er nicht, wie ihm geschehe. Neben ihm standen der Lehrer und der Geschäftsmann und gratulierten offensichtlich dazu, dass der kleine Prinz die Schule beendet hatte und erwachsen geworden war.

Das Mädchen erkannte den dicken Geschäftsmann von den Zeichnungen des alten Mannes wieder. Es taumelte erschreckt rückwärts, landete auf dem Stuhl und das kleine Pult rückte ganz eng vor das Mädchen, sodass es von dem Schreibtisch gefangen war. Auf jeder Seite des Pults knackten zwei Schlösser zu.

Sofort sprang der Fuchs dem Lehrer aus den Händen und fauchte ihn an.

„Herr Prinz!“, rief der Lehrer. „Mir scheint, dass Sie endlich einmal etwas richtig gemacht haben!“

„Werden Sie beim Geschäftsmann ein gutes Wort für mich einlegen?“, fragte Herr Prinz hoffnungsvoll.

Der Fuchs zerrte dem Lehrer am Hosenbein und knurrte. Der Lehrer hob sein Bein, um den Fuchs abzuschütteln. „Ja, das werde ich ganz bestimmt", sagte der Lehrer und griff sich den knurrenden Fuchs. Mit dem Fuß öffnete er einen großen Mülleimer und warf den Fuchs einfach hinein. Dann ging er zu seinem Pult und öffnete eine Schublade. Daraus entnahm er eine Tüte, in der sich die Zeichnungen des alten Mannes befanden, die der Polizist dem Mädchen weggenommen hatte. Er hielt sie mit spitzen Fingern von sich weg und rümpfte die Nase. „Der Geschäftsmann hat mir von diesem *Beweis der Kindheit* erzählt, den du mitgebracht hast", höhnte er.

„Bitte, die Zeichnungen sind so wichtig!", rief das Mädchen flehend.

„Nein, es ist nichts Wesentliches darin!", sagte der Lehrer und warf die Tüte mit den Zeichnungen ebenfalls in den Mülleimer. „Es ist Zeit, erwachsen zu werden", sagte er, knallte dem Mädchen ein dickes Buch auf das Pult und tippte drohend mit seinem Zeigefinger auf den Titel: „Der wesentliche Leitfaden über alles, was wesentlich und wertvoll ist", las das Mädchen und zuckte mit den Schultern. „Als ob alles Wesentliche in ein einziges Buch passen würde", meinte es.

„Es ist unglaublich kurz und präzise", erklärte der Lehrer.

„Na und? Soll ich das jetzt lesen und lesen und lesen,

bis ich alt bin?", fragte das Mädchen und schubste das Buch von seinem Pult.

Der Lehrer schnaubte verächtlich. „Ganz und gar nicht. Wir haben hier eine viel schnellere Methode, um erwachsen zu werden." Mit einem fiesen Grinsen griff der Lehrer unter sein Pult und drückte einen kleinen Schalter. Ein Rumpeln, Grollen und Donnern erfüllte den Raum, als würde eine riesige Maschine anspringen.

Das kleine Mädchen klammerte sich ängstlich an das Pult, als sich kreischend die Wand vor ihm öffnete und einen Tunnel enthüllte, der aussah wie ein gigantischer Lebens-Plan.

„Stimmt's, Herr Prinz? Schau nur, wie er starrt, er hat alles vergessen!", rief der Lehrer.

Herr Prinz schien sich jedoch ein wenig an die unheimliche Lebens-Plan-Erwachsenwerde-Maschine zu erinnern, denn er wich ängstlich ein paar Schritte zurück. Unsicher blickte er auf das Foto von ihm mit dem Lehrer und dem Geschäftsmann und dann auf das kleine Mädchen, gefangen von dem Pult vor der Maschine.

Plötzlich wurde das Pult wie auf unsichtbaren Schienen nach vorne gezogen und aus der Lebens-Plan-Erwachsenwerde-Maschine wuchsen zwei schwarze Metallarme, die das Mädchen umfassten. „AAAAHHHH!", schrie es und versuchte verzweifelt, sich zu befreien.

„Entspann dich, Mädchen!“, rief der Lehrer. „Du wirst nur einen kleinen Pieks spüren. Ja, ja, ja! Bitte unterschreibe hier die Einverständniserklärung, die mich und die Firma von jeglicher Haftung befreit. Ganz genau! Du wirst eine wundervolle Erwachsene werden!“

Das Mädchen starrte auf die schwarzen Arme, die es immer näher zu der Maschine zogen. Mit diebischer Freude lenkte der Lehrer die Maschine mit den Hebeln an seinem Pult.

Herr Prinz blickte aufgewühlt von dem Lehrer zu dem Mädchen.

„Hilf mir!“, schrie das Mädchen. „Du musst dich erinnern!“

In diesem Moment begann der Mülleimer zu tanzen, bis der Deckel aufsprang. Der Fuchs und die Zeichnungen des alten Mannes landeten in hohem Bogen genau vor den Füßen des Herrn Prinz.

„Hilf mir, dann kann ich dir auch helfen!“, bat das Mädchen.

Als der Lehrer bemerkte, dass Herr Prinz auf Knien die Zeichnungen des alten Mannes anschaute, schrie er auf: „Lass das!“

Herr Prinz sammelte alle losen Blätter ein und betrachtete aufgewühlt die letzte Zeichnung auf dem Boden, die die Kiste mit dem Schaf darin zeigte, als ein langer Schuh daraufstieg. Der Lehrer trampelte siegesgewiss auf der Zeichnung herum.

Dabei bemerkte er nicht, dass es dem Fuchs gelungen war, die Schlösser des Pults zu öffnen und die Hände des Mädchens zu befreien. Jetzt mussten sie nur noch den Metallarmen der Maschine entkommen.

Als der Lehrer das sah, schrie er wütend auf und versuchte, das Mädchen zu erwischen. „Zurück an dein Pult!“, befahl er.

Plötzlich ließen die schwarzen Metallarme das Mädchen und den Fuchs fallen und griffen stattdessen nach dem Lehrer. Sie setzten ihn an das leere Pult und zogen ihn so schnell in die Maschine hinein, dass er keine Chance hatte, sich zu befreien. Mit einem ohrenbetäubenden Grollen schlossen sich die Türen. Dann war es mit einem Mal ganz still.

Sprachlos drehten sich das kleine Mädchen und der Fuchs zu dem großen Pult um. Dort stand Herr Prinz! Seine Hände lagen noch immer an den Hebeln, die er gerade bedient hatte.

„Oh!“, rief Herr Prinz selbst ganz überrascht. „Was hab ich getan?“

Das kleine Mädchen zitterte vor Erleichterung, der Maschine entkommen zu sein, und lächelte. „Danke. Aber warum hast du uns auf einmal geholfen?“, fragte es.

Herr Prinz holte ein zerknittertes Blatt Papier aus seiner Brusttasche und zeigte es dem Mädchen und dem Fuchs. Darauf war die Kiste mit den Löchern zu sehen. Die Kiste, die der alte Mann als Pilot dem kleinen Prinzen vor vielen Jahren und viele Tausend Kilometer entfernt mitten in der Wüste für sein Schaf gemalt hatte.

„Ich wusste nie, was das war oder woher ich es hatte, aber ich dachte immer, dass es vielleicht wichtig war", murmelte Herr Prinz.

„Ah, dein Schaf!", rief das kleine Mädchen und der Fuchs nickte.

„Mein Schaf? Das verstehe ich nicht", sagte Herr Prinz.

„Der Pilot hat dir das Schaf gemalt. In der Wüste! Auf der Erde! Damit es die Baobabs frisst!", erklärte das Mädchen aufgeregt.

„Katastrophe!", meinte Herr Prinz.

„Genau! Katastrophe!", sagte das Mädchen und lächelte. Dann tippte es auf die Zeichnung mit der Rose und flüsterte: „Sie wartet auf dich."

Verwirrt sah Herr Prinz das kleine Mädchen an.

„Mein Flugzeug", sagte das Mädchen entschlossen.

# Gefangen

Das Mädchen, der Fuchs und Herr Prinz rannten aus dem Klassenraum zurück in die große Halle, in der die Zerkleinerungs-Verwandlungs-Maschine gerade mit ihrer riesigen Klaue ein Boot hochhob und es sich einverleibte. Ein lautes Gepolter und Geschredder war zu hören und am Ende spuckte die Maschine Tausende Büroklammern auf das schwarze Fließband.

Das Mädchen zeigte Herrn Prinz das Flugzeug des alten Mannes. Es war noch immer an dem Seil an einem Haken aufgehängt, bewegte sich aber auf die Zerkleinerungs-Verwandlungs-Maschine zu.

„Wer lenkt denn all das hier?", fragte das Mädchen.

Herr Prinz zeigte auf eine höher gelegene Kabine, in der ein Arbeiter vor einem riesigen Pult mit Schaltern und Knöpfen stand. Das Mädchen und der Fuchs nickten sich entschlossen zu und schnappten sich eine Kegelkugel. Langsam kletterten sie über eine Leiter auf das Dach der Kabine hoch. Oben angekommen warf das Mädchen die Kugel und traf den Arbeiter am Kopf. Ein bisschen leid tat es dem Mädchen schon, aber es hatte keine andere Wahl. Obwohl der Arbeiter einen Sicherheitshelm trug, sackte er ohnmächtig in sich zusammen und ließ dabei die Schalter los. Sofort hielt das Flugzeug an und auch die Zerkleinerungs-Verwandlungs-Maschine stoppte. Das Mädchen und der Fuchs sprangen in die Luft vor Freude, doch sie hatten sich zu früh gefreut. Denn durch das Gewackel auf der Kabine rutschte der schlafende Arbeiter wieder auf die Knöpfe. Mit einem Grollen sprang die Maschine erneut an und das Flugzeug bewegte sich wieder an dem Seil auf die Maschine zu. Erschrocken sprangen das Mädchen und der Fuchs in die Kabine. Der Fuchs landete direkt auf dem Pult und tapste hektisch mit seinen Pfoten auf den Knöpfen herum. Mit seinen weichen Pfoten gelang es ihm allerdings nicht, etwas zu bewirken. Schnell begann das Mädchen, auf die Knöpfe zu drücken, und traf nach unzähligen Versuchen den richtigen – das Flugzeug hielt tatsächlich an. Erleichtert atmeten das Mädchen und der Fuchs zum zweiten Mal auf, aber die Maschine gab nicht auf und das Flugzeug setzte sich noch einmal in Bewegung. Jetzt schwebte es sogar noch schneller auf die Maschine zu als vorher.

„Oh, oh!", rief das Mädchen, griff in einen der vielen Berge mit wertlosen Sachen und erwischte eine Trompete, mit der es auf die Knöpfe einhämmerte. Endlich hielt das Flugzeug mit einem Ruck wieder an. Das Mädchen und der Fuchs hielten vor Spannung den Atem an und hofften, dass sie es nun endlich geschafft hatten. Und diesmal hatten sie Glück: Das Flugzeug bewegte sich sogar von der Zerkleinerungs-Verwandlungs-Maschine weg! Es schwebte von einem zum anderen Stapel durch die Halle.

„Juhu!“, freute sich das Mädchen. „Wir können vom nächsten Stapel mit Sachen auf das Flugzeug springen“, schlug es vor und sah sich nach Herrn Prinz um. Doch außer dem Fuchs konnte sie niemanden sehen. „Fuchs, wo ist er? Wo ist Herr Prinz?“

Der Fuchs wies mit seiner Pfote zur Seite. Weiter hinten in der Halle stand Herr Prinz und starrte auf ein flackerndes Leuchten. Wie magisch angezogen ging er darauf zu und verschwand hinter einem Stapel mit wertlosen Sachen. Das Mädchen und der Fuchs kletterten die Kabine hinunter und liefen hinterher. Als die beiden den Stapel umrundet hatten, rissen sie ungläubig die Augen auf. Vor ihnen zappelten, schwirrten, drehten und wandten sich Hunderte, Tausende und Abertausende von Sternen! Sie waren in einem riesigen Netz gefangen. Einige Sterne sanken bereits halb erloschen zu Boden, andere versuchten weiter, aus dem Netz zu entkommen.

Herr Prinz beobachtete die Sterne und wisperte: „Ich erinnere mich an sie.“

„Die Sterne!“, rief das kleine Mädchen und betrachtete voller Mitleid, wie die Sterne fieberhaft versuchten, zurück an den dunklen Nachthimmel zu gelangen, wo sie hingehörten.

„Die Sterne sind wunderschön, wegen einer Blume, die man nicht sehen kann“, sagte Herr Prinz und schüttelte den Kopf. „Was rede ich denn da, wegen einer Blume, die man nicht sehen kann?“

Das Mädchen blickte Herrn Prinz froh an. „Du meinst deine Rose! Das hast du in der Wüste zu dem Piloten gesagt!“

„Ich habe eine Rose“, stellte Herr Prinz fest.

Das kleine Mädchen lächelte ihn glücklich an, als plötzlich eine laute Stimme lospolterte: „Wie ich sehe, habt ihr meine Sammlung gefunden!“ Ein dicker Mann in einem schwarzen Anzug mit einer Zigarre im Mundwinkel kam durch die Halle auf das Mädchen, den Fuchs und Herrn Prinz zu. Der Geschäftsmann!

Neben ihm ging der Lehrer, oder vielmehr hinkte er über einen Stock gebeugt, denn die Lebens-Plan-Erwachsenwerde-Maschine hatte ihn zu einem alten Mann gemacht. Hinter ihnen gingen weitere Erwachsene und von noch weiter hinten kam der Polizist angerannt. Völlig außer Atem zeigte er anklagend auf das kleine Mädchen, doch niemand beachtete ihn.

Das Mädchen ging auf den Geschäftsmann zu. „Du! Dich kenne ich! Du zählst die Sterne!“, rief es.

„Besitze, ich besitze die Sterne“, korrigierte der Geschäftsmann das Mädchen. „Fünfhundertmillionen-sechshundertzweiundzwanzigtausendsiebenhundert-undeinundreißig Sterne.“

Die Erwachsenen applaudierten begeistert und der Polizist hinter ihnen hob seinen Hut an, um zu grüßen. Immer und immer wieder hob er seinen Hut.

„Diese Sterne waren nichts als kleine goldene Objekte am Himmel, die faule Menschen nutzlose Träume träumen ließen. Aber jetzt habe ich die Sterne endlich wertvoll und wesentlich gemacht!“, erklärte der Geschäftsmann mit stolzer Stimme.

Das Mädchen wurde blass. „Wie konnten Sie das tun?“, fragte es tonlos.

„Wie? Aha, das Mädchen ist neugierig wie ein Kind“, sagte der Geschäftsmann.

„Was hast du mit den Sternen vor?“, fragte das Mädchen weiter.

„Vielleicht möchtest du eine Vorführung?“, fragte der Geschäftsmann grinsend. Er schnalzte mit dem Finger und ein Arbeiter drückte auf einen Knopf. Ein einzelner

Stern wurde aus dem Netz durch eine Röhre in einen Apparat gesogen. Dort wurde der Stern wie in einem Mixer durchgewirbelt und zu glitzerndem Sternenstaub zerrieben. Dieser besondere Staub wurde dann durch weitere Rohre nach außen aufs Dach geleitet, wo er aus den Schornsteinen hinauswehte und den Planeten der Erwachsenen auch nachts hell erleuchtete.

„Deswegen leuchtet dieser Planet grün", meinte das Mädchen. „Es ist das Licht der Sterne!"

„Siehst du? Das Wertlose wird wertvoll und wesentlich gemacht", sagte der Geschäftsmann und wandte sich an Herrn Prinz. „So wie es mit allen Sachen gemacht werden sollte." Dann deutete der Geschäftsmann auf das kleine Mädchen. „Hoffentlich endest du nicht so hoffnungslos."

Herr Prinz zuckte bei den Worten des Geschäftsmannes zusammen. Unsicher blickte er auf das kleine Mädchen.

„Bringt das Mädchen zurück in den Klassenraum und achtete darauf, dass diesmal nichts schiefgeht", befahl der Geschäftsmann.

Der Lehrer hinkte über einen Stock gebeugt zu dem Mädchen und hustete. Der Polizist preschte eifrig nach vorne und ergriff das Mädchen.

„NEIN, STOPP!", schrie Herr Prinz auf einmal.

„Was stopp?“, fragte der Geschäftsmann und musterte Herrn Prinz überrascht, der sich selbst nicht ganz sicher war, ob er das gerade gerufen hatte.

„Äh, ähm, ja, lasst sie … lasst sie los!“, stammelte er. „Bitte.“

Der Geschäftsmann blickte Herrn Prinz wütend an. „Es ist Zeit, dass du an deine Arbeit zurückgehst, mein kleiner Versager“, zischte er.

Herr Prinz nahm all seinen Mut zusammen und stellte sich aufrecht vor den Geschäftsmann. „Ich bin kein Versager. Ich bin der kleine Prinz!“, rief er.

„Er denkt, er ist klein und ein Prinz!“, rief der Geschäftsmann lachend und die anderen Erwachsenen lachten mit. „Das ist herrlich. Schau mich an, ich bin eine Hummel. Und was bist du?“ Der Geschäftsmann zeigte auf einen Arbeiter. „Eine Ente?“ Der Geschäftsmann und die anderen Erwachsenen lachten immer lauter.

„Er ist hoffnungslos“, meinte der Geschäftsmann.

„Ich bin nicht hoffnungslos, ich bin hoffnungsvoll!“, rief Herr Prinz mit fester Stimme. „Ganz genau! Ich bin voller Hoffnung! Und … ich liebe eine Rose. Und sie liebt mich. Und sie wartet auf mich! – Und ich möchte nicht mehr für dich arbeiten, ich kündige!“, ergänzte Herr Prinz.

Augenblicklich hörten die Erwachsenen auf zu lachen.

Seine Arbeit zu kündigen, war nicht witzig. Nur das kleine Mädchen kicherte fröhlich.

Herr Prinz riss entschlossen sein Namensschild von seiner Arbeitshose, warf es zu Boden und stampfte mit dem Fuß darauf herum.

Der Geschäftsmann beobachtete ihn dabei fassungslos und fauchte wütend.

„Komm, lass uns von hier verschwinden!“, flüsterte das Mädchen Herrn Prinz zu.

Herr Prinz strahlte noch immer über das ganze Gesicht. „Ich kündige!“, wiederholte er glücklich.

Das kleine Mädchen trat dem Polizisten so heftig auf den Fuß, dass der es sofort losließ. Der Fuchs, den der Lehrer festhielt, versuchte ebenfalls, dem Lehrer auf den Fuß zu treten, doch seine Pfoten waren einfach zu weich. Das Mädchen schaute nach dem Flugzeug, das von einem Stapel zum anderen über der Halle pendelte. Schnell befreite das Mädchen den Fuchs und nahm Herrn Prinz an die Hand. Gemeinsam rannten sie durch die riesige Halle auf den Stapel zu, über dem das Flugzeug hing.

„Haltet sie auf!“, befahl der Geschäftsmann und die Erwachsenen liefen hinterher.

Das Mädchen, Herr Prinz und der Fuchs erreichten den Stapel und kletterten hinauf. Ganz oben auf dem Stapel stand ein Klavier. Als sie oben auf dem Klavier angekommen waren, stellten sie verzweifelt fest, dass das Flugzeug immer noch zu hoch über ihnen war. Die Erwachsenen standen unten am Stapel und grinsten schadenfroh.

„Wann wirst du vergessen, wie es ist, ein Kind zu sein?“, fragte der Lehrer mit zittriger Stimme.

Das Mädchen blickte von dem Klavier herab und zog ein Spielzeugschwert, das es zwischen den wertlosen Gegenständen gefunden hatte.

„Alle Erwachsenen waren einmal Kinder!“, rief es. Dann kickte es einen Fußball zu den Erwachsenen, doch er prallte an etwas ab und traf Herrn Prinz mitten ins Gesicht.

„Oh, entschuldige, Herr Prinz!“, rief das Mädchen entsetzt.

Die Erwachsenen lachten und begannen, ebenfalls den Haufen zu besteigen. Immer näher kamen sie an das Klavier heran. Das Mädchen schaute sich besorgt um, aber es gab keinen Ausweg. Sie saßen in der Falle. Entschlossen nahm das Mädchen Herrn Prinz bei der Hand und den Fuchs bei seiner Pfote. Die drei stellten sich an den äußersten Rand des Klaviers, atmeten tief durch und sprangen, so hoch sie konnten …

Wie durch ein Wunder landeten die drei auf dem Rumpf des alten Flugzeugs, das durch ihr Gewicht ins

Schaukeln geriet. Es schwankte wild hin und her. Trotzdem gelang es dem kleinen Mädchen, über das Flugzeug ins Cockpit zu kriechen. Dort startete es das Flugzeug. Der Propeller begann, sich zu drehen, und das Flugzeug stieß eine schwarze Abgaswolke aus, die den Erwachsenen direkt ins Gesicht wehte. Weil das Flugzeug immer noch an dem Seil hing, drehte es sich jetzt immer schneller im Kreis über der riesigen Halle. Dabei wirbelte es das Netz mit den Sternen auf. Wie ein funkelnder Ball begann es, sich zu drehen.

„Haltet euch fest!“, schrie das Mädchen nach hinten, doch Herr Prinz war schon mit dem Fuchs in das Cockpit gelangt.

„Ich komme gleich wieder!“, rief das Mädchen. Es schwang sich aus dem Cockpit auf die Flügel des Flugzeugs. Mit einer Hand hielt sich das Mädchen an dem Seil fest, mit der anderen steckte es sich die Schneide des Spielzeugschwertes zwischen die Lippen. Wie eine mutige Piratin rannte das Mädchen über den Tragflügel des Flugzeugs und griff nach dem Netz mit den Sternen. Mit aller Kraft zog es die zappelnden Sterne nach oben. Dann griff es nach dem Schwert, holte weit aus und durchschnitt das Netz mit einem Hieb. Die Sterne schwirrten sofort aus dem Netz heraus und wirbelten wie ein gewaltiger Kugelblitz im Kreis durch die Halle.

„Wow!", rief das Mädchen beeindruckt und konnte seinen Blick kaum von den brausenden Sternen wenden. Doch je mehr Sterne aus dem Netz entkamen, desto tiefer sank es. Das Mädchen blickte sich panisch um, als es sich immer weiter vom Flugzeug entfernte und dem Boden entgegenrutschte. Doch auf halbem Wege wurde es von dem Flugzeug aufgefangen und plumpste erleichtert ins Cockpit. Der Fuchs und Herr Prinz zwinkerten dem Mädchen zu, das schnell den Steuerknüppel übernahm.

In der ganzen Halle funkelten und schwirrten die Sterne mit einer solchen Kraft und Geschwindigkeit, dass sie aussahen wie der Schweif eines riesigen Kometen. Mit offenen Mündern starrten alle in der Halle zu den Sternen. Höher und höher stiegen die Sterne, bis sie zu explodieren schienen und die Decke der Halle durchbrachen. Wie ein gewaltiges Feuerwerk schossen sie in den Nachthimmel und stiegen hinauf in die Dunkelheit.

Das Mädchen ließ das Flugzeug noch eine letzte Schleife fliegen und kappte dann das Befestigungsseil. Rasend schnell verlor das Flugzeug an Höhe. Die Erwachsenen auf dem Boden zogen erschreckt die Köpfe ein, doch kurz bevor es abstürzte, zog das Mädchen den Steuerknüppel hoch und das Flugzeug flog steil nach oben. Es entwischte durch das Loch in der Decke in den funkelnden und glitzernden Nachthimmel.

Das kleine Mädchen und Herr Prinz bestaunten die vielen Tausend Sterne auf dem Weg zurück an ihren Platz am Himmel, als der Fuchs sie am Ärmel zupfte und nach unten zeigte. Die vielen Lichter in den Gebäuden auf dem Planeten der Erwachsenen flackerten und gingen nach und nach aus. Mit der Befreiung der Sterne erloschen die Lichter auf dem Planeten der Erwachsenen. Die Sterne trugen ihr Licht mit sich zurück ins Universum.

Die Erwachsenen aber, die Fußgänger, Autofahrer, Büroangestellten, der Fahrstuhl-Mann, der Polizist, der Lehrer, der Geschäftsmann und seine Arbeiter, standen unten auf ihrem Planeten. Sie sahen allesamt in den Himmel und taten etwas, was normalerweise in ihrer Welt Erwachsene nicht tun durften: Sie bestaunten und bewunderten die Sterne am Nachthimmel.

# Der kleine Prinz kehrt zurück

Das kleine Mädchen, Herr Prinz und der Fuchs flogen quer durch das Universum, in dem es funkelte und glitzerte wie eh und je. Herr Prinz konnte sich an den Sternen gar nicht sattsehen und bemerkte zunächst nicht, dass das Mädchen seinen Heimatplaneten ansteuerte.

„Da ist B 612“, sagte es.

Herr Prinz blickte auf seinen Planeten, der über und über zugewachsen war von den Wurzeln der Baobabs.

„Katastrophe!“, rief Herr Prinz entsetzt.

„Bitte anschnallen“, befahl das Mädchen und lenkte das Flugzeug direkt auf den Planeten zu.

„Du willst doch nicht etwa versuchen zu landen, oder?“, fragte Herr Prinz und klammerte sich an den Fuchs.

„Warte es ab“, meinte das Mädchen und zog am Steuerknüppel. Das Flugzeug flog schnurgerade nach oben, dann stellte das Mädchen den Motor ab und das Flugzeug begann, sanft hinabzutaumeln. Hierhin und dorthin schaukelte das Flugzeug, bis es immer schneller wurde und mit der Nase nach vorn auf den Planeten des kleinen Prinzen zuraste.

„Oh nein, das hier passiert nicht wirklich! Das ist gar nicht gut!“, schrie Herr Prinz und vergrub seinen Kopf unter seinen Armen, der Fuchs tat es ihm nach.

„Was machst du denn da? Was passiert mit uns?“, fragte Herr Prinz, doch das Mädchen bat ihn nur, still zu sitzen. Dann griff es nach hinten und zog an einer Schnur. Über dem Flugzeug entfaltete sich der Fallschirm des alten Mannes, der den Sturz des Flugzeugs abfing und es langsam nach unten auf den Planeten herabsinken ließ. Dennoch landete es mit einem ziemlichen Rumms zwischen zwei mächtigen Baobab-Bäumen. Eine riesige Dampfwolke quoll aus dem Motor des alten Flugzeugs.

„Ich fürchte, das Flugzeug ist kaputt“, murmelte Herr Prinz.

Als der Rauch sich gelegt hatte, kletterten das kleine Mädchen, Herr Prinz und der Fuchs aus dem Cockpit und liefen um die Affenbrotbäume herum über den kleinen Planeten.

„Da ist sie!“, rief das Mädchen, als es die Rose unter der Glasglocke entdeckte.

Als die drei bei der Rose ankamen, blickte Herr Prinz voller Erwartung auf die Glasglocke und hob sie dann langsam und ehrfürchtig an. Zum Vorschein kam eine wundervolle Rose, die jedoch sehr zerbrechlich und vertrocknet wirkte.

„Sie ist es“, flüsterte Herr Prinz. Er berührte die Rose zärtlich an ihren Blütenblättern, doch in dieser Sekunde zerbröselte die Rose zu Staub.

„Oh!“, keuchte Herr Prinz entsetzt und auch das Mädchen und der Fuchs waren starr vor Schreck.

„Nein, nein, nein. Wie kann das sein?“, rief das Mädchen.

Herr Prinz betrachtete den roten Blütenstaub auf seinem Finger, der von einem Luftzug aufgewirbelt und in die Weite des Universums fortgetragen wurde. Herr Prinz, das Mädchen und der Fuchs sahen dem Staub hinterher.

„Du solltest doch mit ihr zusammen sein. Für immer“, flüsterte das Mädchen mit Tränen in den Augen. „Ich werde den alten Mann auch verlieren. Und ich werde erwachsen werden und alles über ihn vergessen. Ich möchte ihn nicht verlieren.“ Hemmungslos schluchzte das kleine Mädchen.

„Weine nicht“, sagte Herr Prinz sanft.

„Wieso weinst *du* nicht?“, fragte das Mädchen unter Tränen.

Herr Prinz blickte zum Himmel, wo die Sonne gerade

begann aufzugehen. Langsam stieg sie höher und badete den Planeten in ihrem warmen rosenroten Licht. Herr Prinz nahm die Hand des kleinen Mädchens und beide fühlten die Wärme des anderen. Die Sonne sandte immer kräftigere Strahlen und plötzlich schimmerte darin die Rose in all ihrer Schönheit und Pracht!

Das Mädchen hielt die Luft an. „Ich kann sie sehen", wisperte es ergriffen. Dann blickte es an sich hinab und bemerkte, dass die Hand, die es festhielt, genauso groß war wie seine.

Erstaunt schaute das Mädchen auf und neben ihm stand der kleine Prinz! Herr Prinz war wieder ein Kind geworden! Seine weizenblonden Haare flatterten im Wind und sein sonnengelber Schal tanzte dazu.

Der kleine Prinz lächelte das Mädchen an und das Mädchen lächelte zurück.

„Sie war keine gewöhnliche Rose. Sie war die einzige ihrer Art im ganzen Universum. Sie war einzigartig für mich. Und ich erinnere mich an sie. Sie ist nicht fort", sagte der kleine Prinz.

Das Mädchen nickte. „Sie wird immer bei dir sein …"

„Man sieht nur mit dem Herzen gut …", sagte der kleine Prinz.

„… und er wird immer bei mir sein", flüsterte das Mädchen.

Noch lange standen der kleine Prinz, das Mädchen und der Fuchs so da. Sie blickten in die aufgehende Sonne, genossen ihre hellen, warmen Strahlen und dachten an die Rose, den alten Mann und ihre Freundschaft.

Als es Zeit wurde, Abschied zu nehmen, gingen sie Hand in Hand zurück zu dem Flugzeug. Das Mädchen kletterte mit dem Fuchs in das Cockpit und der kleine Prinz lächelte ihnen zu. Wie durch ein Wunder wurde das kaputte Flugzeug in den Himmel hinaufgezogen. Das Mädchen und der Fuchs sahen nach oben: Ein Schwarm von vielen Hundert Zugvögeln zog das Flugzeug an Seilen durch die Luft.

Voller Freude winkte das Mädchen dem kleinen Prinzen, der unten auf seinem Planeten stand und winkte. „Bitte sag dem Piloten, dass ich mich an ihn erinnere!“, rief er.

Das Mädchen nickte mit Tränen in den Augen. „Das werde ich!“

„Vergiss es nicht“, sagte der kleine Prinz.

„Ich werde nichts davon vergessen, das verspreche ich!“, rief das kleine Mädchen.

Der kleine Prinz winkte dem Flugzeug hinterher, bis es immer kleiner wurde und schließlich ganz aus seiner Sicht verschwand. Er lächelte sein Schaf an, das neben der Kiste mit den drei Löchern graste. Schließlich nahm er einen Besen und kehrte die drei Vulkane seines Planeten sorgfältig aus, damit sie nicht ausbrachen. Zusammen mit seinem Schaf riss er alle Baobab-Sprösslinge aus und setzte sich dann auf seinen Stuhl, um ungefähr 44 Sonnenuntergänge zu genießen …

# Ein kostbares Geschenk

Am nächsten Morgen war die Mutter schon wach, als ihr Wecker piepte. Eigentlich hatte sie die ganze Nacht wach gelegen und nachgedacht. Über den Lebens-Plan, den sie ihrer Tochter erstellt hatte, und über den Freund, den ihre Tochter gefunden hatte. Auch wenn sie fand, dass der alte Mann sehr merkwürdig war, hing ihre Tochter an ihm. Die beiden verband etwas Besonderes. Und plötzlich verstand die Mutter, warum ihrer Tochter der erste Schultag an der Akademie nicht mehr so wichtig war. Sie begriff, dass Bücher und Lernen und Erwachsenwerden nicht alles im Leben eines Kindes sein konnten. Und sie begriff auch, dass sie als Mutter nicht über alles im Leben ihrer Tochter bestimmen konnte. Die Mutter beschloss, noch an diesem Tag den Lebens-Plan in den Müll zu werfen. Sie stand auf, zog einen Bademantel über und lief über den Flur ins Zimmer ihrer Tochter.

„Liebling?“, rief die Mutter beunruhigt, als sie das leere Bett sah, in dem offensichtlich niemand geschlafen hatte. Auf dem Schreibtisch lag die umgekippte Lampe und das

Fenster stand weit offen. Die Mutter wollte es gerade zuziehen, als sie die abgeknickte Regenrinne an der Hauswand entdeckte. „Liebling?“, rief die Mutter nun ernsthaft besorgt.

„Ja?“, fragte das kleine Mädchen unschuldig und kam mit einer Zahnbürste im Mund um die Ecke. Es war schon fix und fertig angezogen für den ersten Tag an der neuen Schule.

Die Mutter lächelte ein wenig verwirrt.

„Wir sind spät dran“, sagte das Mädchen.

„Was? Nein, wir haben noch genug Zeit!“, rief die Mutter.

„Wir müssen noch ins Krankenhaus, bevor die Schule anfängt“, sagte das Mädchen entschieden.

Die Mutter nickte und entdeckte auf dem Schreibtisch ihrer Tochter ein bunt verpacktes Geschenk.

Wenig später liefen das kleine Mädchen und die Mutter mit dem Geschenk und ein paar Wiesenblumen einen langen Gang im Krankenhaus entlang.

„Zimmer 122, 123, 124, 125 … hier ist es“, sagte die Mutter.

Das kleine Mädchen stand vor der Tür und bewegte sich nicht. Die Mutter wollte etwas Aufmunterndes sagen, doch sie fand keine Worte und nahm ihre Tochter stattdessen in den Arm. Das Mädchen schloss die Augen und spürte die Wärme und das Verständnis seiner Mutter.

Dann schlug es die Augen auf, nahm die Mutter an der Hand und trat vorsichtig in das Krankenzimmer. Die Mutter blieb stehen und ließ das Mädchen allein ans Bett des alten Mannes treten. Der alte Mann schlief. Das Mädchen betrachtete ihn einen Augenblick. Er war blass und offensichtlich sehr, sehr krank …

Als das Mädchen die Blumen in die Vase auf dem Nachttisch stellte, öffnete der alte Mann die Augen.

„Du bist hier …“, sagte er mit schwacher Stimme.

„Es tut mir so leid. Alles, was ich gesagt habe, tut mir so leid“, wisperte das Mädchen.

„Ich kann mich gar nicht daran erinnern“, sagte der alte Mann.

„Das ist nett“, sagte das Mädchen.

„Nein, ich erinnere mich nicht einmal daran, wer du bist“, sagte der alte Mann.

Das kleine Mädchen sah ihn erschrocken an. Der alte Mann kicherte leise. „Du hast es mir geglaubt, oder? Du weißt doch: Ich bin nicht so ernst wie die anderen Erwachsenen.“

Das Mädchen lächelte erleichtert und zog dann sein Geschenk hervor. „Ich habe etwas, was ich dir zeigen will“, sagte es.

Der alte Mann hatte keine Kraft, um das Geschenk auszupacken, und so half ihm das Mädchen. Staunend betrachtete er das selbst gemachte Buch. Den Umschlag hatte das Mädchen wunderschön bemalt und darauf stand geschrieben: Der kleine Prinz.

„Hast du das gemacht?", fragte der alte Pilot.

Das Mädchen nickte.

Die Mutter blinzelte ein paar Tränen weg. Auch sie fand das Buch wunderschön.

Der alte Mann öffnete behutsam den Umschlag und strich über die erste Seite. „All meine Zeichnungen, die ganze Geschichte in der richtigen Reihenfolge ...", flüsterte er ergriffen.

Dann strich er dem Mädchen über die Wange, über die ein paar Tränen kullerten.

„Es kann immer passieren, dass man ein bisschen weinen muss, wenn man von jemandem gezähmt wurde", sagte das Mädchen und umarmte den alten Mann.

Der alte Mann drückte das Mädchen liebevoll an sich und flüsterte ihm ins Ohr: „Du wirst eine wundervolle Erwachsene werden."

Die Mutter des Mädchens lächelte dem alten Mann zu. „Danke", sagte sie und der alte Mann lächelte zurück. „Haben Sie es schon angesehen?", fragte er die Mutter und zeigte auf das Buch.

Die Mutter setzte sich vorsichtig auf das Bett und schlug das Buch auf. „Es ist wundervoll“, sagte sie.

Kurz darauf stand das Mädchen in seinem neuen Klassenraum in seiner neuen Schule. Jeder Schüler sollte sich kurz der Klasse vorstellen und sagen, welche Ziele er hatte. Als das Mädchen an der Reihe war, nahm es ein Stück Kreide und begann zu malen. Es malte etwas, das aussah wie ein Hut. Dann drehte es sich um und begann, eine Geschichte zu erzählen …

Einige Wochen später starb der alte Mann. Das kleine Mädchen war darüber sehr traurig, doch es wusste, dass der alte Mann für immer einen Platz in seinem Herzen hatte und dass es ihn nie vergessen würde. So wie der Fuchs und der kleine Prinz einen Platz im Herzen des Mädchens hatten. Und so wie seine Mutter und sogar sein Vater, der nie da war, einen Platz in seinem Herzen hatten. Das Herz des Mädchens war voll von liebenden Menschen, Freunden und Erinnerungen. Das Mädchen hatte noch dazu ein langes Leben vor sich, um viele Menschen und Erfahrungen in sein Herz zu schließen.

Das kleine Mädchen bastelte für den alten Mann einen wunderschönen Drachen. Er war ganz weiß und hatte viele, viele gelbe Sterne darauf gemalt. Den weißen Schal des alten Mannes hatte das Mädchen als Band an das Ende des Drachens gebunden. Auf einem riesigen gemähten Weizenfeld ließ das Mädchen den Drachen eines Tages steigen. Es war der Tag, an dem das Mädchen nicht mehr weinen musste, wenn es an den alten Mann dachte, sondern sich mit Freude an ihn erinnerte: wie er ihm eines Tages den Papierflieger geschickt hatte und wie er es dann mit der Geschichte des kleinen Prinzen in seinen Bann gezogen hatte. Wie sie beide unter dem Fallschirm gestanden hatten und wie er das Mädchen mit seinem selbst gebauten Aufzug auf das Dach gezogen hatte. Wie er dem Mädchen die Sterne gezeigt hatte und wie er ihm auf seine Art und Weise erklärt hatte, was im Leben wertvoll war.

Das kleine Mädchen ließ den Drachen steigen. Den Fuchs trug das Mädchen in einem Rucksack auf seinem Rücken. Auch er bewunderte, wie der Drachen vor dem blauen Himmel hin und her flatterte.

Immer mehr Schnur gab das Mädchen, sodass der Drachen höher und höher stieg. Das Mädchen dachte an den alten Mann und hoffte, dass er diesen letzten Gruß vom Himmel aus sehen konnte. Dann ließ es die Schnur los und der Drachen flog hoch hinauf in den Himmel. Der weiße Schal des alten Mannes flatterte im Wind, als würde er winken.

Abends kletterte das kleine Mädchen mit dem Fuchs und der Mutter auf das Hausdach. Dort setzten sie sich auf Klappstühle vor ein riesiges Teleskop. Die Sterne begannen, am Nachthimmel zu funkeln, und das Mädchen ließ zuerst seine Mutter durch das Teleskop schauen. Doch die Mutter konnte gar nichts erkennen. Der Himmel war schwarz.

Das Mädchen kicherte. „Du weißt doch, Mama, ich bin nicht so ernst", sagte es und entfernte die Kappe vor der Linse.

Die Mutter lächelte und blickte durch das Teleskop. Dann sah es das Mädchen an. Es hatte das Buch mit der Geschichte des kleinen Prinzen auf den Schoß gelegt und streckte den Kopf nach oben. Die Augen hielt das Mädchen geschlossen.

„Was siehst du?", fragte die Mutter.

„Ich sehe meine Freunde", flüsterte das Mädchen.

Die Mutter lächelte, lehnte sich zurück und schloss ebenfalls die Augen.

Das Mädchen und die Mutter meinten beide, ein Lachen zu hören, schlugen gleichzeitig die Augen wieder auf und lächelten sich an.

Wie viele, viele Nächte zuvor der kleine Prinz und der Fuchs, der Pilot und der kleine Prinz und das Mädchen und der alte Mann, saßen nun das Mädchen und die

Mutter Arm in Arm nebeneinander und betrachteten gemeinsam den Nachthimmel. Tausende und Abertausende von Sternen glitzerten und strahlten durch die Dunkelheit um die Wette. Dennoch schien es ihnen, als ob ein einzelner Stern heller funkelte als all die anderen …

Das Vorlesebuch zum Film „Der kleine Prinz“ mit zahlreichen exklusiven Filmfotos – besonders geeignet zum gemeinsamen Lesen und Vorlesen. In kindgerechter Sprache wird die ganze Familie in die magische Welt des kleinen Prinzen entführt.

Loewe